辛夷《こぶし》の花

葉室 麟

徳間書店

辛夷《こぶし》の花

一

澤井《さわい》家の長女、志桜里《しおり》には近頃、気になることがあった。
九州豊前《ぶぜん》、小竹《こたけ》藩の勘定奉行三百石の澤井家の隣屋敷に年が明けた正月にひとりの武士が引っ越してきた。名を、
木暮半五郎《こぐれはんごろう》
という。背丈は六尺を超える長身で肩幅も厚い。眉が太く、目はすずしげでととのった顔立ちなのだが、覇気《はき》を感じさせず、いつも穏やかな笑みを浮かべている。
落ち着いた物腰で四十ぐらいに見えるが、父の庄兵衛《しょうべえ》の話では、まだ三十を出たばかりだという。半五郎の年齢を告げた庄兵衛は、

「ひとは見かけではないぞ」

と志桜里に説教がましい口を利いた。

庄兵衛自身、小柄で痩《や》せて色黒で風采《ふうさい》があがらないながらも勘定奉行としては業績をあげているだけに男は外見ではわからぬものだと言いたいらしい。

実際、半五郎は藩主のお気に入りだという噂《うわさ》があった。

藩主、小竹讃岐守頼近《さぬきのかみよりちか》は学問好きで特に国学に熱心だった。それだけに時おり、学者を召し抱えるが、飽きっぽい性格で熱が冷めると学問もろくに学ぼうとはしなくなる。このため学者も居づらくなって致仕《ちし》してしまうのがいつものことだった。

去年の夏、遠乗りに出かけた頼近が山道を馬で行きながら万葉集の歌について近習《きんじゅ》に問い質《ただ》したところ、満足に答える者がいなかった。

ところが、この日、郡方《こおりかた》の案内役として供をしていた半五郎の答えが頼近の気に入り、目をかけるようになったという。

半五郎がどのように答えて頼近の引き立てを受けるようになったのか、家中の者たちは気にしたが、半五郎は、

「さて、どのようなことでありましたか。覚えておりませぬ」

と首をかしげるだけで答えなかった。半五郎にあやかろうとする者が家中に出てくるのを警

戒して頼近が他言を禁じたのだとも言われた。

ともあれ、それまで二十石だった半五郎は郡方から加増されて近習役五十石となり、頼近の身近に仕えるようになった。

頼近が遠乗りに出かけるおりなどは、必ず供に加えられるようになった。ひょっとするとこのまま重いお役目に抜擢《ばってき》されるのではないか、と周囲の者は半ば嫉《ねた》んでいた。

だが、頼近が半五郎に下問するのはどうやら和歌のことだけで政《まつりごと》事向きの話題ではないようだとわかって、出世を願っている者たちを安堵《あんど》させていた。

澤井家の隣に屋敷を与えられたのも、この屋敷の主が三年前、不慮の事故で亡くなり、家族は親戚に引き取られて住む者がいなくなっていたからだ。

空き屋敷を無駄にしたくないということであるらしい。庄兵衛も半五郎が隣家に引っ越してきたことをさほど気にする様子はなかった。それでも、半五郎について、ただひとつ、あれはいかがなものかな、と難じるように庄兵衛は家族に漏らした。

それは半五郎が大刀の鍔《つば》と栗形《くりかた》を浅黄《あさぎ》色の紐《ひも》で結んでいることだ。

殿中などでうっかり刀が抜けることがないように紙縒《こよ》りで結ぶ者がたまにいるが、紐で結ぶ者はいない。火急のおりに紐をほどく一瞬、遅れれば武士として不覚悟と言われるだろう。

半五郎が紐で鍔の穴を通して栗形を結ぶようになったのは十年ほど前からだった。まわりの

者から、なぜそのようなことをしているのか、と言われると必ず、

「それがしは幼いころより短慮にて喧嘩沙汰が絶えず、時にはひとに怪我をさせたこともありました。それゆえ、母に万一にもひとを傷つけてはならぬと、浅黄紐にて結束するよう言われたのでございます」

と説明した。すると十人中、七、八人は、

「それは母上がいささか思い違いをされたのではあるまいか。なるほど、乱暴はよくないが武士はいかなるときでも刀を抜けるようにしておくべきであろう」

と言うのが常だった。これに対して半五郎は微笑して、

「何分にも亡き母の言いつけでございますから」

と答えた。半五郎の母は十年前に亡くなっており、あらためて母の言いつけだと言われれば何も言えなかった。

半五郎は城下の鹿島新当流道場で修行していたが、奉納試合などにも出たことはなく、どれほどの腕前なのか、家中でも知る者はいなかった。

そして半五郎はいつの間にか、

——抜かずの半五郎
と仇名されるようになったが、刀をいつか抜くかもしれないという凄《すご》みのある仇名ではなく、

からかいが込められていた。それでも半五郎は気にする様子もなく、相変わらず刀を紐で結んだまま登城《とじょう》していた。

庄兵衛はそんな半五郎にやや不満があるようだった。しかし、志桜里にとっては、隣家の住人がどのような人物なのかということのほうが気になった。

小竹藩六万石の城下では澤井家は大身に入るがそれぞれの屋敷は茅葺《かやぶき》屋根で生垣《いけがき》をめぐらしただけの質素な造りだ。特に澤井家と隣家は丈の低い生垣だけで庭越しに声をかけあうこともあった。

隣家は三年前まで澤井家の親戚が住んでおり、何の支障もなかったが、まったく見ず知らずの半五郎が来たとなると気にせずにはいられない。

これまでは隣家の親戚と生垣越しに親しく交わってきたのだが、半五郎が来たとなるとそうはいかない。

しかも半五郎は独り身で身の回りの世話は五十歳を過ぎた家僕の佐平《さへい》にまかせており、女中を置いていないため女手がなかった。

そんなむさくるしい住人が来たことに頭を悩ませるのは、志桜里が昨年、嫁《か》していた船曳《ふなびき》家から不縁となって実家に戻ってきたからでもあった。

志桜里の夫であった船曳栄之進《えいのしん》は、近習役二百石で、澤井家と釣り合いがとれていた。ところが姑《しゅうとめ》の鈴代《すずよ》は志桜里を嫌って、ことごとく邪魔者あつかいにした。

鈴代は朝から晩まで志桜里を女中のようにこき使い、栄之進とふたりだけで過ごすのを妨《さまた》げた。嫁いで三年が過ぎても子供ができなかった志桜里に対し、鈴代は、

「嫁して三年、子なきは去るが昔よりのしきたりであろう」

と家を出るように迫った。栄之進の父はすでに亡くなっており、鈴代が言い募《つの》れば止める者はいなかった。

栄之進がかばってくれれば、鈴代の嫌味を聞きつつ、なおも船曳家に留まることもできただろうが、母に頭が上がらない栄之進は何も口にすることはなかった。

やむを得ず、志桜里は実家に戻ったが、庄兵衛が当主の間はともかく、嫡男の新太郎《しんたろう》が家督を継ぐころには身の振り方を決めねばならないだろう。

気性がしっかりして負けず嫌いな志桜里は、

——尼にでもなります
と言っていたが、そうもいかない。だとすると、家中で妻を亡くした中年の藩士のところに後妻に入るしかなさそうだった。

そのことを半ば覚悟はしていたが、ひとに弱みを見せたくないという思いが志桜里を気丈に振る舞わせていた。

澤井家は嫡男の新太郎がまだ元服したばかりの十六歳でほかに志桜里の妹である、
里江《さとえ》
よし
つる
の三人がいる。里江は十七歳、よしは十三歳、つるはまだ十歳である。
澤井家では二年前に母親の萩尾《はぎお》が夏風邪をこじらせて亡くなった。いまでは志桜里が一家の主婦と母親代わりをしている。
それだけに、隣家に主君の覚えもめでたい独り身の男が来れば、澤井家の娘の誰かを妻合《めあ》わせようとまわりが、ひそかに期待するのは目に見えていた。
(そんな風にひとに思われるのは嫌だ)
志桜里は胸の中でつぶやいた。
頑《かたく》なな心持ちではあったが、言うならば姑にいびり出された身とあっては、それなりの意地があった。たまたま隣家に来た男に妻に迎えてもらった、などと謗《そし》られるのはご免だった。
志桜里はそんな気持ちでいたが、半五郎は思いのほか、近所付き合いも悪く、澤井家には一度、挨拶に来ただけでその後、訪ねてくることはなかった。
そして庭に出てくるのも、早朝、鍛錬のため木刀を振るだけで、非番の日は書斎にこもりきりになるらしく中庭に姿を見せることはなかった。

半五郎が澤井家と交際しようとしないのは、志桜里にはもっけの幸いと言えたが、何となく肩すかしされたような気もしていた。

澤井家の中庭には辛夷《こぶし》が植えられている。毎年、早春にはあでやかな白い花をつけるが、いまはまだ蕾《つぼみ》のままだった。

ある朝、志桜里は庭に出て辛夷の蕾を見つめながら、今年は辛夷の花が咲くのは遅いかもしれない、と思った。

そのとき、男の声がした。

「辛夷の花がお好きですかな」

志桜里が振り向くと、生垣越しに着流し姿の半五郎が立っているのが見えた。志桜里は頭を下げて、

「特に好きというわけではございません。ただ、春先に咲く花ですから、いつごろ花が開くのかは気になります」

と答えた。できるだけ半五郎の顔を見ないようにした。

内心では一度も話したことがない他家の女人に気安く声をかける半五郎を慎《つつし》みのないひとだと思っていた。

「それがし、このほど船曳様と同役になりました」

半五郎はさりげなく栄之進の名を出した。志桜里は眉をひそめて、

「わたくしは不縁となりました身でございますから、船曳様のお話をいたすのは憚《はばか》らねばなりませんので」

と言いながら、腹立たしい思いにかられた。別れた夫の名を聞かせられるのは、女にとって辛《つら》いことだとなぜ察しないのだろう。

半五郎は目を瞠《みは》って、顔を赤くした。

「これは失礼いたした。先日、船曳様と御用部屋にてお話しいたしたおり、志桜里様のことを、離縁したくはなかったが、嫁姑の仲が悪くてやむを得なかった。できれば復縁いたしたいと思っていると仰《おお》せだったものですから」

「それで、ご自分が間にたって復縁話を進めてやろうと思われたのでございますか」

「いや、それほどの深い考えがあったわけではござらんが、志桜里様のお気持ちを船曳様にお伝えしてもよいかとは思いました」

半五郎はすまなそうに言った。志桜里はじっと半五郎を見つめた。

「木暮様は万葉集についての殿様のご下問に見事にお答えになり、ご出世されたとうかがっております。さほどに目端《めはし》の利くお方がなぜかようなことがおわかりにならぬのかと不思議に存

じます」

皮肉に過ぎるかと思ったが、半五郎の無作法への腹立ちのままに、志桜里は言ってのけた。

半五郎は少し困った顔をしてから、頭を下げた。

「申し訳ない。志桜里様のご機嫌を損じたような」

「いいえ、気を悪くなどいたしてはおりません。ただ、殿様のお気に入られるほどのお方がなぜ、わたくしの心情をお察しくださらぬのか、と思っただけにございます」

志桜里は言い捨てるようにして頭を下げると背中を向けて中庭から去ろうとした。

「お待ちくだされ」

あわてて半五郎は呼びかけた。

志桜里が振り向くと、半五郎は頭をかきながら、

「どうやら、志桜里様はそれがしのことを買い被《かぶ》っておられるようだ」

「買い被るとはどういうことでございましょうか」

志桜里が首をかしげると、半五郎はにこりと笑った。

「いや、それがしが殿のご下問にお答えできたゆえ、気が利いていると思われたならば、それは買い被りだということです」

志桜里が黙っていると、半五郎は言葉を継いだ。

「殿が遠乗りに出られたおり、それがしは郡方として山道の案内を仕《つかまつ》った。殿は途中でお供の方々に万葉集のある和歌についてお訊《たず》ねになられました。たまたま、それがしが知っておったというだけのことです」

「どういうお歌でしょうか」

志桜里は興味を抱いて訊《き》いた。半五郎はえへんと咳払《せきばら》いしてから、

世間《よのなか》を憂しと恥《やさ》しと思へども
　飛び立ちかねつ鳥にしあらねば

と口にした。世の中を鬱陶《うっとう》しく生きていくのが恥ずかしくもあると思っているが、鳥ではないのだから飛び立っていくこともできない、という哀しみのこもった歌だ。

「山上憶良《やまのうえのおくら》でございますね」

志桜里がつぶやくと、半五郎はぱっと顔を輝かせた。

「さようでござる。志桜里殿はようご存じですな」

半五郎は感嘆した。志桜里はひややかに、

「有名な歌ですから知っているひとは多いのではありませんか。たまたま殿様のお側《そば》でご存じ

だったのが木暮様だけということでございましょう」

と答えた。半五郎が主君に見出されたのは運がよかっただけなのだ、と志桜里は言ってしまいそうになったが、堪《こら》えた。

「それにしても殿様はなぜかように心鬱した歌のことをお訊きになられたのでしょうか。ご身分にふさわしいとは思えませんが」

志桜里がなにげなく言うと、半五郎は大きくうなずいた。

「さようでござる。殿がなぜかようなる歌に関心を持たれたかが大事なのです。有体《ありてい》に申せば、それがしにはなぜかということがわかったのでござる」

志桜里は半五郎の物言いにひっかかるものを感じた。

「それは自慢をなされておられますのでしょうか」

きつい口調になって志桜里が問うと、半五郎はあわてて手を振った。

「自慢などとんでもない。ただ、殿のお心がどこにあるのかを知っておくのは家臣の務めでございましょう」

何気ない言い方だったが、自慢のようにも聞こえる。志桜里は思っていることを言いたくなった。

「ご立派なお覚悟だと存じます。ただ、聞くひとによっては、なにやら木暮様が殿様に阿諛《あゆ》をされているようにとられるやもしれませぬ」

「そういうひともいるようです」

半五郎が苦笑すると、志桜里は重ねて訊いた。

「たとえばどなたでしょう」

鋭い問いかけに、半五郎はたじろいだが、やおら顔を引き締めてきっぱりと答えた。

「船曳栄之進殿でござる」

志桜里は半五郎の言葉を聞くと顔色を変え、すぐに背を向けて縁側に向かって歩み去った。

ひとり残された半五郎はしばらくぼう然としていたが、やがて天を仰いでからからと楽しげに笑った。

二

志桜里が広縁から座敷に上がると、里江とよし、つるの妹たち三人が飛びつくように寄ってきた。

「姉上、木暮様と庭でお話しになっておられましたね」

里江がさも重大事のように言った。よしとつるも興味津々で目を輝かせている。

「辛夷の木を見ていたら、声をかけられたのです。お隣ですから、ご挨拶《あいさつ》しないわけにはいきませんから」

志桜里が素気なく言うと、よしが身を乗り出した。

「木暮様はどのようなお方でしたか」

「立ち話をしただけですから、そのようなことわかりません」

志桜里はうるさげに言って、自分の居室に向かおうとした。しかし、妹たちは追いすがってきた。つるが、志桜里の袖《そで》をつかんで、

「〈抜かずの半五郎〉って本当ですか」

と訊いた。志桜里はきっとしてつるを睨《にら》んだ。

「なんですか、半五郎などと呼び捨てにして。木暮様とおっしゃい」

つるはうなずいた。

「はい、では木暮様が刀を抜かないように紐で縛っているというのはまことですか」

「存じません。中庭でお話しいたしたのですから、刀を差されてはいませんでしたし。着流しのお姿でしたから」

志桜里は話しつつ、女の目だけにわずかな間にも半五郎の姿を細々《こまごま》と見てとっていることに気づいて顔が赤くなるのを感じた。

里江がそんな志桜里を見つめながら、つぶやくように言った。

「木暮様は背がお高くてご立派ですし、顔立ちもととのわれているように思います」

すぐに、よしが言葉を挟んだ。

「姉上様にお似合いではございませんか」

里江は近頃、勘定方稲葉治左衛門《いなばじざえもん》の長男幸四郎《こうしろう》との縁談が進んでいる。よしが半五郎と似合うと言ったのは志桜里のことだろう。

志桜里が眉をひそめると、つるが姉たちに混じり、背伸びするように爪先立って、

「でも、木暮様はなんとなく、はっきりしないお人柄のようですね。お顔つきも穏やかにすぎて、何となく頼りないと思います」

と大人ぶった言い方をした。

志桜里は三人を見まわして、柳眉《りゅうび》を逆立《さかだ》てた。

「あなた方はわたくしと木暮様が庭で話しているのをずっと見ていたのですね。何という行儀の悪い――」

志桜里が叱《しか》りつけようとすると、里江が、ごめんなさい、姉上様、と素早く言って部屋から出ていった。よしとつるは物も言わずにあわてて里江の後を追う。

居室に残された志桜里は憤然としていたが、しばらくして文机《ふづくえ》の前に座った。すでに腹立ち

はおさまっていた。文机に向かい、丸窓から外を眺めた。

青空に白い雲が棚引いているのが見える。

志桜里は何となくおかしくなって、くすりと笑った。何がおかしいのか、自分でもよくわからない。

ただ、中庭で半五郎と話していて、むきになったり、妹たちにからかわれて怒ったりしたことがおかしく思えた。考えてみれば、船曳の家を出てから、何かをおかしく思って笑うことなどあまりなかった。

姑の鈴代から、さんざんにけなされ、謗られてきただけに、ひとに蔑《さげす》まれたくないという気持ちばかりが先立って、ゆるやかに物事に対することができなくなっていたようにも思う。

それなのに、少しの間、半五郎と話しただけで心持ちがほぐれた気がするのはなぜなのだろう。

(あのひとが、のんびりした人柄だからだ)

そんな風に思ってみたが、それだけでもないような気がする。半五郎の人柄はつかみどころがないが、どことなく奥深いものも感じさせた。

「おかしなひとだわ」

志桜里は微笑《ほほえ》んでなおも丸窓から空を眺め続けた。

この日の夕刻、志桜里が帰宅した庄兵衛の着替えを介添えしていると、庄兵衛は帯を結びながら、

「今日、城中で船曳殿と会った」

とぽつりと言った。志桜里はうなずいただけで何も言わなかったが、庄兵衛は、話があるゆえ、そこに座れ、とうながした。

間もなく女中が茶を持ってきた。庄兵衛は茶を飲みながら話した。

「船曳殿はそなたを家から出したことを悔《く》いておられるそうだ」

志桜里は膝に手を置き、うつむいたまま顔をこわばらせて答えない。庄兵衛は志桜里の顔をうかがい見ながら、

「もし、そなたがよければ復縁したいと船曳殿は言われた」

と言った。思いがけない言葉に志桜里は顔を上げた。

「復縁したいとおっしゃられたのですか」

「そういうことだ」

「船曳の母上様はどう仰せなのでしょうか」

「姑殿のことは自分が何とかする、と船曳殿は言われた」

「何とかすると言われましても」

志桜里はまた顔を伏せた。

嫁していただけに船曳家の内情はわかる。鈴代がどうしても駄目だと言えば栄之進はそれに逆《さか》らえない男だ。

それにわずかばかりの間とはいえ、栄之進と暮らしてみると、人柄につめたいものがあるのを感じていた。薄情というほど、はっきりしたものではないが、何事によらず、まず自分の気持ちを考えてしまうのだ。

ひとの思いを慮《おもんばか》ることをしない。それを冷酷だと言えば栄之進は驚くだろう。誰もがまず自分のことを考えるのが当たり前だと思っているのだ。

世間もそういうものかも知れないし、取り立てて栄之進がつめたいというわけではないのだとわかってはいたが、いったん、そう思ってみると、鈴代に責められているおり、見て見ぬふりをした栄之進にはついていけない、と感じていた。

それを父に言うのは我儘《わがまま》というものかもしれない、と思って逡巡《しゅんじゅん》していると、庄兵衛は口を開いた。

「もし、気が進まぬなら無理をすることはないぞ」

志桜里はほっとした。

「さようでございますか」

「うむ、船曳殿がなぜかようなことを言い出したのか、訝《いぶか》しくもあるのでな」

庄兵衛は苦い顔で言った。

「何かございましたのでしょうか」

「ふむ、そなたには関わりのないことだ」

庄兵衛はそれ以上、話そうとしなかったが、志桜里は、家中の騒動と関わりがあるのかもしれない、と思った。


小竹藩ではこのところ、藩士の不審な死が続いていた。

勘定方の若い藩士が城の堀端で何者かに斬られたのを始め、江戸に出張する途中の藩士が国《くに》境《ざかい》の峠で行方知れずとなり、数日後に、三里離れた谷川で水死しているのが見つかった。さらに、近習組頭の池辺三郎兵衛《いけべさぶろべえ》が深夜、屋敷に押し入った曲者《くせもの》によって殺されている。

横目付や町奉行所が調べたが、堀端で藩士が斬られたのは辻斬りによるものとされ、江戸出張の途中で死んだ藩士は峠から転落死した事故、池辺三郎兵衛を殺したのは強盗であろうということになった。

しかし、それを信じる者は家中にほとんどいなかった。藩内で暗闘が起きているに違いないと思いつつも、自らに矛先《ほこさき》が向かわぬよう気づかないふりをしているのだ。

そんな最中、志桜里には父のことが気がかりだった。庄兵衛は永年、勘定方で真面目に勤めてきたが、三年前、突如、勘定奉行に据えられた。

これまで勘定奉行は家中の名門から就《つ》くことが多く、もともと平士だった庄兵衛が抜擢されたのは異例の人事だった。庄兵衛は淡々と勘定奉行になったが、しばらくして異様な噂が流れ始めた。

庄兵衛が過去二十年にわたっての帳簿をあらためて公金の流れを調べているというのだ。

どうやら使途不明となっている金の行方を追っているらしいことは、庄兵衛が調べている帳簿の種類などから明らかだった。しかし、庄兵衛はこれを下僚任せにせず、ひとりで御用部屋に籠《こも》って調べるだけだから、誰のどのような不正を調べているのかはわからなかった。

志桜里には父のお役目のことはわからないが、親戚の者が案じて、そっと庄兵衛がしていることが噂になっていると伝えてきた。

ある日、夜遅くに帰ってきた庄兵衛が遅い夕餉《ゆうげ》をとっているおりに、志桜里は、

「お役目ご苦労様にございますが、何かと家中の噂になっていると聞き及びました。大事ございませぬか」

と恐る恐る訊ねた。庄兵衛は案の定、

「女子《おなご》が口出しすることではない」

と素っ気なく言った。しかし、しばらくして大きくため息をつくと、

「いましておることは、わしの使命じゃ。これから何が起きても驚かぬようにいたせ」

と言った。そして、里江の縁談は早く進めねばならぬな、とつぶやいた。

父はこれから何が起きるかわからない、と覚悟しているのだと思って志桜里は粛然《しゅくぜん》とした。

母がいないいまは妹たちを無事に嫁《とつ》がせ、弟の新太郎に家督を継がせるのは、自分がしなければならないことだ、と覚悟した。

このとき、志桜里は船曳家から不縁になったことにかすかな疑念を抱いた。たしかに姑の鈴代と折り合いは悪かったが、かといってそれも世間並みのことで、何としてでも嫁を追い出そうというほど、鈴代は意地の強いひとではなかった。

鈴代がどうしても志桜里を離縁すると言い出したのには何かわけがあるのではないだろうか、と思った。

今日、栄之進が父に復縁したいと言ったのにも同じようなわけがあるのではないか。志桜里が考えをめぐらしていると庄兵衛はつぶやいた。

「もしかすると、〈抜かずの半五郎〉殿の生き方がもっともよいのかもしれんな」

志桜里は首をかしげた。

「なぜ、そのように思われるのでしょうか」

「自らが刀を抜かねば、相手も抜き難《にく》かろう。さすれば、無駄な争いをしなくともすむであろうからな」

庄兵衛は穏やかな微笑を浮かべた。

「とは言っても、武士は主君のためには刀を抜かねばならぬ、と父上は仰せになりました」

ああ、そうだな、と苦笑して応じた庄兵衛は志桜里を見据えて訊いた。

「時にそなた、木暮殿のような御仁をどう思う」

「どう思うとは?」

「隣家に越してきたのも何かの縁だ。木暮殿は三十過ぎても独り者ゆえ、そなたと年も釣り合う。妻となる気はないか」

庄兵衛に真面目な顔で訊かれた志桜里は返答に困って、

「考えるまでもないことでございます」

と答えた。庄兵衛は興味を抱いたように目を輝かせた。

「ほう、どういうことじゃ」

「さようなことはありえないと存じます」

「なぜじゃ。船曳殿と不縁になったことを気にしておるのか」

「いえ、さようなことではありません。木暮様には、わたくしを妻にする気がないだろうと思います」

志桜里にきっぱり言われて庄兵衛は鼻白《はなじろ》んだ。

「なぜかのう。親の欲目かも知れぬが、そなたを妻に迎えたいと思う男は多かろうと思うが」

志桜里は頭《かぶり》を振った。

いいえ、さようなことはありません。わたくしはひとりで生きて参る定めなのでございます、と胸の中でつぶやいた。

なぜか半五郎も同じなのではないか、という気がした。半五郎も自分と同じように生涯をひとりで過ごそうと思っているに違いない。

志桜里の胸に確信めいたものが生まれていた。

三

翌日――
澤井庄兵衛は登城して御用部屋で文書に目を通した後、白書院に控《ひか》えた。

この日、昼前に執政たちとの会議があった藩主頼近は昼餉《ひるげ》をすませた後、白書院の広縁で籠《かご》に入った四十雀《しじゅうから》のためにすり餌を作っていた。眉が太く鼻が高い面長の顔で口元が引き締まっている。

頼近の傍《かたわ》らには庄兵衛がいるだけで近習たちも遠ざけ、くつろいだ様子で鳥の世話をしていた。

頼近は今年四十歳になる。先代藩主に男子がなかったため親戚である旗本の水谷《みずたに》家の三男だった頼近が養子縁組して藩主として迎えられた。小竹藩には、

安納《あんのう》
伊関《いせき》
柴垣《しばがき》

という重臣の名家があり、代々、家老職はこの三家で務めてきた。

いまの家老は江戸家老が安納源左衛門《げんざえもん》、筆頭国家老が伊関武太夫《ぶだゆう》、次席国家老が柴垣四郎《しろう》右衛門《えもん》である。永年、藩政はこの三人が動かしてきた。

それだけに、養子である頼近は三家を憚《はばか》らねばならなかった。藩主となって二十年近く過ぎ、嫡男の鶴千代が来年には元服を迎えるとあって、そろそろ藩主として親政を行いたいと漏らしていた。

頼近はすり餌を四十雀に与えながら、

「どうだ。隣に引っ越してきた半五郎はたまにはそなたの屋敷に参るか」

「いえ、一度、挨拶に来ただけで、その後はいっこうに参りませぬ」

庄兵衛は謹厳な顔つきで答えた。

「そなたの家には三人も娘がいると聞いたが、これは見込みがはずれたかな」

頼近はつまらなそうに言った。庄兵衛は驚いて目を丸くした。

「これは恐れ入りました。殿にはわが家の娘と木暮半五郎を妻合《めあ》わせようというおつもりですか」

「そこまでは思っておらん。ただ、半五郎も男だ。隣家に若い娘がいれば、何となく親しく交わるのではないかと思ったのだ」

「さて、それはどのような思《おぼ》し召《め》しで――」

言いかけた庄兵衛は、ああ、とつぶやいて大きくうなずいた。

「木暮をそれがしの護衛にということでございますか」

頼近はかすかに笑みを浮かべた。

「それほど大層なことではないが、そなたに命じたことは、危ういことゆえ、誰か身近に守る者がいたほうがよかろうと思ってな」

庄兵衛は首をかしげた。

「さて、仰せではございますが、彼の者は〈抜かずの半五郎〉でございますぞ。浅黄紐で刀を結んでおります。もし、それがしの身に危ういことが起きたといたしましても物の役には立ちますまい」

〈抜かずの半五郎〉か、とつぶやいて、頼近は、ははと笑った。庄兵衛はそんな頼近を見つめて、

「さようなことより、ご実家の水谷様は殿のご意向を汲《く》んでくださいますのでしょうか」

「さて、そこだ。いままで何度となく使いを出したが、はかばかしい返事がない。先頃、江戸への使者とした岡崎五郎助《おかざきごろうすけ》は峠で行方知れずとなり、谷川で死んでいるのが見つかった。どうやら旅の途中で殺《あや》められたようだ。他にも余の命を受けた者が、辻斬りや強盗に見せかけて斬られた」

「それはまことでございますか——」

「安納、伊関、柴垣三家の手がまわったと見える」

頼近は淡々と言った。庄兵衛は、ああ、とため息をついた。

「それではいかがあそばされますか。もはや、お諦めになられまするか」

頼近は不敵な笑みを浮かべた。

「そんなことはできぬ。三年前、これまで三家の息のかかった者しかなることが許されなかった勘定奉行にそなたを据えたのは、三家が公金をひそかにわが懐《ふところ》に入れて肥え太っていた仕組みを暴《あば》くためだ。そなたが三年がかりでようやく調べ上げてくれたゆえ、江戸のご老中に内諾《ないだく》を得てから三家の当主に腹を切らせようと思っておる。そのためには、どうしても証拠の文書を老中方に届けねばならぬ」

「さようではございますが、家中には三家の網が張り巡らされております。その目を避けて江戸へ向かうのは至難の業でございます」

「ふむ、そこで、半五郎を使おうかと思うのだが、どうであろうか」

「木暮をでございますか」

庄兵衛は目を瞠った。

「そうだ。あの男は風変わりだが、腕は立つのだ」

「殿は、木暮の腕前をご存じなのでございますか」

庄兵衛は頼近をうかがい見た。

「知っておる。これは近習たちに口止めしておることだが、余は去年の夏、遠乗りに出かけたおりに、庄屋の屋敷で休息いたした。そのとき怪しい者たちに襲われたのだ」

「なんと」

頼近は鋭い目になって四十雀を見つめた。

「去年の夏にはそなたの調べがほぼできあがっておった。三家は余が何をしようとしているか察知して始末いたす気になったのであろう」

「恐ろしいことでございます」

庄兵衛は青ざめた。

「何の、永年この藩を牛耳《ぎゅうじ》ってきた三家から見れば、余をあの世へ送ることなど造作もないことなのだ」

「その時、木暮が殿をお救いいたしたのでございますか」

「余は供の近習たちを玄関脇の小部屋に控えさせて庄屋の案内で奥へ入った。そのとき半五郎ひとりがついてきておった」

頼近を狙った曲者は庄屋屋敷の中庭に潜んでいたらしい。頼近が奥座敷に入ると同時に中庭から頭巾《ずきん》をかぶった四、五人の武士が抜刀して駆けあがってきた。

武士たちが頼近に斬りかかろうとしたとき、半五郎がかばって前に出た。

半五郎は浅黄紐で結んだ刀を鞘《さや》ごと抜くと、斬りかかった武士の刃を鍔で受け、柄頭《つかがしら》で鳩尾《みぞおち》を突いた。

さらにもうひとりの足を鞘で払った。同時にもうひとりの刀を鍔で制しつつ、片手で衿《えり》をつかむなり腰を入れて投げ飛ばした。

「半五郎めは、刀を浅黄紐で結んでおるが、あれも技のひとつのようだ。鞘を握り、鍔にて相手を制しておった。後で訊いたところ〈鍔鳴り〉という技だそうな。相手の刀を鍔で受け、鍔が鳴るということかな」

頼近は面白そうに言った。だが、庄兵衛は顔をしかめた。

「殿が危ういというのに刀を抜かずにいるとは何たること。〈抜かずの半五郎〉とはいえ、それではあまりに不忠ではございませんか」

「とは言っても、半五郎は襲ってきた者たちを退けた。家臣としての忠義は尽くしたのだ。やかましく言うには及ぶまい」

頼近はくっくっと笑った。

「さようではございましょうが」

庄兵衛がなおも不満げにしていると、頼近は、まあ、聞け、と言った。

「襲った者たちを半五郎がひとりで退けたゆえ、余は庄屋や近習の者たちに口止めいたすことができた。半五郎には褒美《ほうび》として加増し、近習に加えたのだ」

「なるほどさようでございましたか。では、殿が万葉集の和歌をお訊ねになり、それに答えた木暮を気に入られたというのは、木暮をお側近くにおかれるための方便だったのでございますな」

感心したように庄兵衛が言うと頼近は頭を横に振った。

「いや、あれはまことのことだ。余は遠乗りからの帰り道で、ふとある和歌を思い出した」

頼近は、世間を憂しと恥《やさ》しと思へども飛び立ちかねつ鳥にしあらねば、と和歌を口にした。

「藩主の身でありながら三家から命を狙われておるのかと思えば何とのう、気が鬱したのであろう。世の中を憂しと思いながら、どこへも行けぬのだ、という思いが歌を思い出させたのだな。しかし、これが誰の和歌であったろうかと思い、近習の者たちに聞いてみたが誰も知らなかった。半五郎だけが、知っておって山上憶良だと答えおった」

「ほう、あの無骨な男にしては上出来でございますな」

庄兵衛は少しばかり半五郎を見直したように言った。

「それだけではない。半五郎めは余に、山上憶良の貧窮問答歌《びんぐうもんどうか》を知っておるかと言いおった」

「貧窮問答歌でございますか?」

庄兵衛は頭をひねって思い出そうとしたが浮かばずにあきらめて頼近をうかがい見た。

「わしも思い出さなかったのだが、半五郎はすぐに朗誦しおった」

半五郎は、騎馬で行く頼近に寄り添いながら、よく通る声で詠じた。

風雑《かぜまじ》へ雨降る夜《よ》の　雨雑《あめまじ》へ雪降る夜は
術《すべ》もなく寒くしあれば　堅塩《かたしお》を取りつづしろひ
糟湯酒《かすゆざけ》　うち啜《すす》ろひて　咳《しわぶ》かい

風まじりに雨が降り、その雨にまじって雪も降る、そんな夜はどうしようもなく寒いから、堅塩を少しずつなめては糟湯酒をすすり、咳をする。

こんな寒い夜にわたしより、もっと貧しいひとはどうしているのだろう、と役人が貧農に問う言葉がさらに続き、やがて農民が答える。

天地《あめつち》は広しといへど　吾《あ》が為は　狭《さ》くやなりぬる
日月《ひつき》は　明しといへど　吾が為は照りや給はぬ
人皆か吾のみや然る　わくらばに人とはあるを
人並に吾《あれ》も作《なれ》るを　綿も無き布肩衣《ぬのかたぎぬ》の
海松《みる》の如　わわけさがれる　かかふのみ
肩にうち懸《か》け　伏盧《ふせいお》の曲盧《まげいお》の内に
直土《ひたつち》に　藁《わら》解き敷きて　父母は枕《まくら》の方に

妻子《めこ》どもは足《あと》の方に　囲み居て憂へ吟《さまよ》ひ
竈《かまど》には火気《ほけ》ふき立てず　甑《こしき》には蜘蛛《くも》の巣懸《か》きて
飯炊《いいかし》く事も忘れて

天地は広いというが、私にとっては狭くなってしまったのだろうか。太陽や月は明るく照り輝くが、私のためには照ってはくださらないのか。他の人も皆そうなのだろうか、それとも私だけなのだろうか。

運よくひととして生まれ、ひと並みに働いているのに、麻の袖なしの海松《みる》のように破れて、ぼろぼろになったものを着ている。

つぶれかけ、傾いた家の中には、地面にじかに藁を敷いて、父母は枕の方に、妻子は足の方に、自分を囲むようにして、悲しみ、うめいている。

竈に火の気はなく甑には蜘蛛の巣がはって、飯を炊くことも忘れてしまった、などと綿々と農民は苦しみを訴える。

半五郎が朗誦していると、頼近は頭を振って、声を高くした。

「もうよい。さような歌を聞いておれば胸がつぶれるではないか」

頼近が制止すると、半五郎は口をつぐんだ。しばらく道を進んだ後、半五郎はぽつりと言った。

「山上憶良は古《いにしえ》のひとですが、謡われた貧窮は古のことではありませんぞ。年貢《ねんぐ》の取り立てに苦しんだ百姓はかような暮らしをいたしております」

頼近は馬上から半五郎を睨んだ。藩主に向かって領民が苦しんでいることを訴えるのは不遜《ふそん》な振る舞いだった。

「そなた、主君に対し、領民の苦衷《くちゅう》を訴えるのは役目ではあるまい」

「いえ、家臣たる者は、領民と殿をつながねばなるまいと思っております。領民の心を殿が知られ、殿の心が領民に通じるとき、国はよく治まるのではありますまいか」

半五郎は淡々と言った。

頼近は黙したまま、城に戻ったが、ひと月たったころ、半五郎に加増と近習入りが言い渡されたのである。

「なるほど、さようなことでございましたか」

「半五郎めは、貧しいということがわかるようじゃ。貧しさがわからねば政事《まつりごと》はできぬ。それゆえ、あの男を近習といたしたのだ」

「さようでございましたか。どうやら木暮は見かけによらぬ男のようでございますな」

庄兵衛は大きくため息をついた。頼近は大きくうなずいて見せた。

「半五郎めは、貧というものを知っておる。あるいは武士がもっとも知っておかねばならぬものかもしれぬな」

頼近はからりと笑った。

庄兵衛はうなずきながら、隣家に住む半五郎とこれからどのような関わりが生じるのだろうか、と思った。


この日、半五郎は近習部屋にいた。

近頃、頼近は遠乗りに出かけない、何か胸中に大事を抱えているのではないだろうか、などと考えていると、船曳栄之進が前に座った。

年は栄之進のほうが若いが家格が上である。半五郎はあわてて膝をあらため、頭を下げた。

「何かご用でございましょうか」

半五郎が丁寧に問いかけると、栄之進は穴の開くほど半五郎の顔を見つめたうえで、口を開いた。

「先日、そこもとにわたしが澤井庄兵衛殿の娘、志桜里との復縁を望んでいると申したのを覚えておるか」

覚えていると答えるかわりに半五郎は微笑してうなずいた。栄之進は舌なめずりしてから言葉を継いだ。

「あの話はもうやめた。そこもとも忘れてくれ」

栄之進はひややかな顔で言い放つとすぐに腰を浮かそうとした。半五郎は手を上げて制する。

「お待ちくださいませ。ただいまの仰せはいかなることでございますか」

「聞いた通りだ。わたしには澤井殿の娘と復縁するつもりはないのだ」

栄之進は吐き捨てるように言った。

「さて、困りました」

半五郎はのんびりした口調で言った。栄之進は迷惑気にしながらも座りなおした。

「どう困るというのだ」

「それがしは、昨日、志桜里殿と屋敷の中庭で生垣越しに立ち話をいたした際、船曳様に復縁のお考えがおありだと伝えてしまいました」

「そんなことか。ならば、わしの気が変わったと言えばよい。実は昨日、澤井様にも復縁のことはお話ししたが、気が変わったとこれから告げるつもりだ」

栄之進は薄い笑みを浮かべた。半五郎は腕を組んで考えた後、

「解《げ》せませぬな」

と低い声で言った。

「解せぬとはどういうことだ。いずれにしてもこれはわたしと澤井家の間のことだ。そこもとがわかろうが、わかるまいが関わりはあるまい。いったん、不縁にした女子が寂しく暮らしておっては哀れじゃと思い、情《なさけ》をかけてやってもよいと思ったが、その気がなくなった。かわいそうだが、やむを得んな」

「さて、それは聞き捨てなりません」

半五郎はゆっくりと腕をほどいた。栄之進は半五郎を睨み据えた。

「そこもと、なんぞ勘違いをいたしておるのではないか。近習組の新参者の分際でわたしに説教いたすつもりか」

「説教などはいたしませぬ。ただ、ひとたび不縁になった女人との復縁を口にしながら、手のひらを返したようになかったことにされるのは、それがし得心がいかぬと申し上げております」

半五郎は堂々とした口ぶりになった。

「ほう、どうやらお主は殿にいささか目をかけられたことを鼻にかけて増長いたしておるようだな。他人のことに口をさしはさむとは驚き入ったことだ」

栄之進がひややかに言うと、半五郎は嘯《うそぶ》くように言った。

「他人ではないかもしれませんぞ」

自信ありげな半五郎の言葉に栄之進は息を呑《の》んだ。

「なんだと、お主、志桜里と――」

栄之進はぽかんと口を開けた。半五郎は手を振って制した。

「まさか、さような私通めいたことなどいたしません。ただ、それがしはいずれ、志桜里殿を妻に迎えたいと思っております。それゆえ、船曳様が情をかけてやるなどと仰せになるのは笑止千万でござる」

「貴様――」

栄之進は二の句が継げず、半五郎の顔を見た。

半五郎は呵呵大笑《かかたいしょう》した。

四

澤井家に新しい女中が来た。

名をすみというまだ十六歳の色白でととのった顔立ちのおとなしげな娘で親は百姓だという。

澤井家は志桜里を始め四姉妹がいるため母親を亡くしても女手は足りていたが、武家の体面もあって女中をひとりは置かねばならない。

これまで志桜里たちが幼い時からいた女中が年をとって奉公がきつくなったからということで、新たに若い娘を女中にしたのだ。

口入れ屋が連れてきた日、すみは口数も少なくただぺこぺこと頭を下げていた。しかし性格は素直で陰日向《かげひなた》ない働き者なのがすぐにわかって、志桜里は気に入った。

妹の里江とよし、つるの三人はすみと年がさほど変わらないだけに親しみやすいらしく仲よくなって、志桜里にしてみると妹がさらにひとり増えたような感じだった。

父親の庄兵衛もすみを気に入ったらしく、

「若い者が多いと家がにぎやかになるようだ」

とつぶやいた。実際、すみが来てから姉妹たちは、朝から楽しげにしゃべることが多く、笑い声も絶えなかった。

夏には里江の婚礼も控《ひか》えているだけに、少し慎《つつし》み深くさせねばと志桜里は思い始めていた。

このころ辛夷《こぶし》の花が咲き、すみは掃除の合間に庭に出てうっとり眺めていることがあった。白い辛夷の花は青空に浮き出てまばゆいほど輝いて見えたのだ。

そんなとき、隣の庭に出てきた半五郎が明るい口調で声をかけた。

「新しい女中さんか」

すみは振り向いて、さようでございます、と言いながらおどおどした様子で頭を下げた。

「わたしは木暮半五郎だ。見知っておいてくれ」

半五郎は気取らない様子で話しかけたが、すみは半五郎の名を聞くと、驚いた様子で顔を上げた。

半五郎を見つめるすみの顔色が見る見る青ざめた。すみはかすれ声で、

「申し訳ございません」

と言うと、家の中に駆けこんでいった。

取り残された半五郎はしばらくぼう然としていたが、思い当たることがあったらしく、

「そうか、あの娘が隣家の女中になるとはこれも因縁だな」

と気落ちした声でつぶやき、家へ戻っていった。

この様を澤井家の家僕である善助《ぜんすけ》が家の裏手で薪割《まきわ》りをしながら、垣間《かいま》見ていた。五十過ぎの善助は薪割りの手を休めて、すみが家に走り込むのを見た。

何があったのかと首をかしげたが、すみが若い娘らしく男に声をかけられたことで驚いたのだろう、と思った。

すみはこの日からふさぎこむようになった。

澤井家の姉妹たちは心配して話しかけ、気を引き立てるようなことを言ったが、すみは懸命に働きはするものの、表情は暗く笑みを見せることは少なかった。

志桜里がどうしたものかと思っていると善助が中庭で半五郎から声をかけられたすみがひどく驚いていたことを告げた。

「どうも、あのときから、おすみは元気が無くなったように思うのでございますが」

「木暮様は、すみに何かおっしゃったのではありませんか」

あるいは、半五郎が心無い冗談を口にしてすみの心を傷つけたのではないか、と志桜里は思った。善助はあわてて答えた。

「いいえ、決してさような様子ではございませんでした。木暮様も驚かれた様子でした。ただ、あの日以来、中庭にお出になられないようなので、なぜだろうかとは思っておりました」

そうですか、とうなずいた志桜里は、この日の夕方、下城して帰ってきた庄兵衛に、女中のことで申し訳ございませんが、と前置きしてから相談した。

居室で裃《かみしも》から着替えて着流しになった庄兵衛は茶を飲みながら、志桜里が話すことを黙って聞いていた。

志桜里は庄兵衛が女中の様子を相談されて機嫌を悪くするのではないかと恐れた。だが、庄兵衛は思いのほか熱心に耳を傾けた。そして茶を喫してから、

「すみは深堀村の出だということだったな」

と訊《き》いた。志桜里は、はい、とうなずいた。

「口入れ屋の話では、十年前に父親を亡くして、親戚の家に引き取られていたそうですが、十六歳になったので、奉公に出されたとか」

「そうか、十年前に父を亡くしたか」

庄兵衛は眉をひそめた。

「すみの父親のことが何か関わりがあるのでしょうか」

志桜里が訊くと、庄兵衛は腕を組んで口を開いた。

「十年前、深堀村で騒動があったのをそなたは覚えておらぬか」

「十年前でございますか」

志桜里は首をひねった。武家の女人は屋敷内で暮らし、世間との関わりは親戚に限られる。藩内のことでも耳にしないこともあったが、深堀村について思い起こしていた志桜里は、そう言えば、と声をあげた。

「たしか強訴《ごうそ》騒ぎのようなことがあって郡《こおりかた》方の村まわりが亡くなられ、村人からも死ぬ者が出たのではありませんでしたか。父上が十日ほど深堀村に行かれて戻られなかったのを覚えております」

「そうだ。あの年は凶作でな。村の者たちは、年貢《ねんぐ》を減らして欲しいと強訴しようとしておった。郡方の村まわりが騒ぎを鎮めに行ったのだが、百姓たちは激昂して、ふたりの村まわりを大勢で打ち殺してしまった」

「大層な騒ぎでございました」

志桜里が声をひそめると、庄兵衛はうなずいた。

「郡方が百姓に殺されるなど前代未聞のできごとゆえ、郡方だけでなく、お城から弓衆や槍組、鉄砲方まで出る騒動になった。わしも深堀村まで出張った」

庄兵衛は当時を思い出すように言った。

「そのときにすみの父親も亡くなったのでございましょうか」

「それはわからぬ。だが、強訴の首謀者三人が捕えられて磔《はりつけ》になったほか、鎮めようとした際に抗《あらが》った百姓が五人、その場で斬《き》られた」

志桜里は口に手を当てた。

「そのころ、すみはまだ六歳だったはずです。もし父親が斬られた百姓のひとりだとしたら、さぞや恐《こわ》い思いをしたことでございましょう」

「そうであろうな。だが、深堀村の騒動を思い出してみて、気になることがある」

「と申されますと」

志桜里は庄兵衛の顔をうかがい見た。

庄兵衛はうむ、とうなずいてから言葉を継いだ。

「深堀村で百姓を斬り捨てたのは、城から遣わされた弓衆や槍組、鉄砲方の者たちだったが、その中にひとりだけ郡方の者がいた」

庄兵衛が口をつぐむと、志桜里ははっとした。

「まさか、それが――」

「木暮半五郎だ。しかし、あのおり、木暮はなぜか、手柄の恩賞を辞退いたしおった。そのことは訝《いぶか》しく思ったゆえ、覚えておる」

庄兵衛は首をひねった。

「では、もしや、すみの父親は木暮様の手にかかったのでは」

「さて、どうであろう」

庄兵衛は断定を避ける口振りだった。志桜里は膝を乗り出して言った。

「木暮様は近頃、中庭に出られないようです。わたくしが木暮様をお訪ねしておうかがいしてもよろしゅうございますか」

「木暮に訊くというのか」

庄兵衛はあきれた顔になった。志桜里は平然として言葉を継いだ。

「何もなければそれまでのことですが、もしすみの父親を木暮様が成敗されたのであれば、このままますみを奉公させていてよいものか、考えねばなりません。そのためには、まずたしかめとうございます」

庄兵衛はしばらく考え込んでから膝をぴしゃりと叩いた。

「まあ、それがよいかもしれんな。ただし、そなたに言っておくことがある」

「なんでございましょうか」

深堀村騒動のことだろうか、と思いながら志桜里は庄兵衛の顔をうかがった。しかし、庄兵衛が話し始めたのは思いがけないことだった。

「実は先日、船曳栄之進殿からそなたとの復縁話を取り消したいと申して参った」

「さようですか」

こちらが望みもしない復縁を持ちかけてきておいて、あっさり覆《くつがえ》すとは、相変わらずひとの気持ちを考えないひとだ、と志桜里は思った。

「いささか勝手がよすぎるとは思ったが、そなたも応じる気がないようだったから、事を荒立てるにもおよぶまいと黙っておった。すると船曳殿は木暮半五郎が聞き捨てならぬことを言ったと申したのだ」

「木暮様が？」

そう言えば半五郎は栄之進から復縁したいと思っていると聞かされたと話していた。それと関わりがあるのだろうか。

「船曳殿の話では、木暮は復縁話を反古《ほご》にしようとするのは得心がいかぬと謗《そし》ったうえで、いずれそなたを妻に迎えたいと思っていると申したそうな」

志桜里はあっけにとられた。

半五郎がなぜ、自分を妻に迎えるなどと言ったのかわからない。ひょっとすると、栄之進が復縁話を覆したことに腹を立て、志桜里の肩を持つ気になったのかもしれないが、だとすると余計なお世話というしかない。

なにより、せっかくの復縁話がつぶれてかわいそうだ、と哀れまれたのだとしたら、そのことのほうがよほど口惜しかった。

「なぜ木暮様はさようなことを申されたのでしょうか」

「さて、わからぬが、よもや、そなた木暮となんぞ言い交《か》わしてはおるまいな」

庄兵衛はちらりと志桜里の顔を見た。

「父上――」

志桜里が声を鋭くし、柳眉《りゅうび》を逆立《さかだ》てると、庄兵衛はあわてて手を振った。

「さようなことがないのは、わかっておる。それゆえ、わしも今日まで申さなかったのだ。だが、そなたが木暮と話すと申すゆえ、念のために話したのだ。世間にあらぬ噂《うわさ》が広まっても困るゆえな」

懸命に弁明する庄兵衛を志桜里はひややかに見つめて、

「わかりました。木暮様がなぜ、さようなことを申されたのか、併せておうかがいいたして参りましょう」

「そうだな。できるだけ穏便に話をするのだぞ」

庄兵衛は釘を刺すように言ったが、志桜里は答えず、頭を下げただけで部屋を出ていった。襖《ふすま》を閉める音がいつもより響くような気がして庄兵衛は顔をしかめた。


翌朝――

志桜里は半五郎が登城する前に屋敷を訪れた。玄関に志桜里が立つと家僕の佐平は目を瞠《みは》った。

「ご登城前のお忙しいおりに申し訳ございません。ちと、木暮様にお訊ねいたしたいことがあるのでございます。お取り次ぎをお願いいたします」

志桜里に切り口上で言われて、佐平は急いで奥へ向かった。裃をつけて、登城の支度をしていた半五郎は、志桜里が来たと聞いて、

「戦《いくさ》の勝敗は夜討ち、朝駆けにあるというが、志桜里殿はなかなか戦上手と見える。朝駆けで参ったか」

とつぶやいた。早朝に訪ねてきたのは女人が他家の男を訪ねるのに夕刻では世間の目がうるさいからだろうと思った。

志桜里は玄関に佇《たたず》み、佐平が戻るのを待っていた。志桜里の白いうなじに朝の光が差している。

五

半五郎は客間で裃姿のまま志桜里と向かい合った。志桜里は丁寧に頭を下げた。

「ご登城前におうかがいいたしてまことに申し訳ございません」

「何の。登城の刻限の太鼓はまだ聞こえておりませぬ。お話があればうかがいましょう」

小竹藩では明け六つ（午前六時ごろ）に登城の刻限を報《しら》せる太鼓を打つ。まだ、四半刻（三十分）ほど余裕があるかもしれない。

「では、おうかがいいたしますが、わたくしどもの家に新しく入りました女中のすみが近頃ふさぎこんでおります。不審に思っておりましたところ、家僕の善助が先日、木暮様が中庭のすみに声をかけてくださってから元気がなくなったようだと申します」

「そうなのですか」

半五郎は深いため息をついた。志桜里は構わずに話を続ける。

「すみは深堀村の百姓の娘で十年前、父親を亡くしたそうです。このことが木暮様と関わりがあるようでしたら、すみに暇《ひま》を取らせたいと存じます」

「いや、女中殿に暇をとらせるのはおやめください」

「よろしいのでございますか」

志桜里はたしかめるように半五郎の顔を見つめた。半五郎は中庭に目をむけて何か思案しているようだったが、やがて思い切ったように口を開いた。

「深堀騒動のおり、あの娘はまだ五、六歳だったでしょう。かわいそうなことをいたしました」

「やはり、すみの父親は強訴のひとりとして斬られたのですね」

「さよう。わたしは強訴の一味を鎮めるため郡方として深堀村に行っておりました。あのときは誰が強訴をたくらんでいるのかわからず、百姓家を一軒、一軒あらためておりました。わたしがある百姓家の土間に入ったところ、男が鎌を振り上げて襲って参りました。わたしは動転していたのでしょう。鎌を避けるなり居合を放ちました。男は血に染まって土間に倒れました。あのとき、家の中には男の女房と幼い娘がいた。ふたりとも泣いていた。わたしはあのふたりから見れば、突然家に押し入った鬼だったでしょうな」

半五郎は翳《かげ》りのある表情で言った。志桜里は床の間の刀掛けに置かれた刀をさりげなく見た。相変わらず、鍔《つば》と栗形《くりかた》が浅黄《あさぎ》色の紐《ひも》で結んである。

半五郎も刀に目を向けた。

「お察しの通り。刀を紐で結びましたのは、深堀村の一件があったからです。わたしがほとほと自分に嫌気がさして、坊主にでもなろうかと思っていたところ、母があのように結んでくれました。今後は得心がいくことでしか刀を抜かねばよいのです、と言われました」

「お母上は木暮様のことを案じられて刀を紐で結んでくださったのですね」

「まあ、そういうことです。母が紐で結ぶことを思いついてくれなかったら、今頃は養子でも迎えて仏門に入っておったやもしれません」

半五郎は淡々と言った。志桜里は半五郎の話を聞きながら、何となく腑《ふ》に落ちないものを感じた。

半五郎は飄《ひょうひょう》々としているが、本来、胆力もあり、機転も利くのではないだろうか。それなのに常に韜晦《とうかい》して、〈抜かずの半五郎〉と揶揄《やゆ》されているのは理由があるように思える。

「深堀村の騒動のおり、木暮様は恩賞を辞退されたとうかがいましたが」

志桜里に問われて、半五郎は少し戸惑《とまど》った顔になった。

「そうでしたかな」

あいまいな半五郎の答えを志桜里は許さず、

「父がそう申しておりましたから、間違いはないと存じます。百姓を斬られたのは木暮様の気に沿わぬことであったかと存じますが、強訴の鎮圧のためであり、すでに村まわりの方が殺《あや》められていたのであれば、やむを得ぬ仕儀ではないかと思います。木暮様はなぜ、悔いを残されておるのでしょうか」

と問うた。半五郎は、ううむ、とうなった後、盆のくぼに手をやって、

「さて、わかりませんな」

とあっさり言ってのけた。

「女子には話せぬということでございましょうか」

志桜里は微笑《ほほえ》んで見せた。半五郎は頭を振った。

「いや、おわかりいただけぬと存ずるゆえでござる」

「わたくしにはわからないことだとおっしゃるのですね」

志桜里があきらめたように言うと、半五郎は苦笑した。

「いや、誰しもふれられたくないことはありましょう。志桜里様も先日、船曳殿の話はしたくないと――」

言いかけた半五郎は志桜里が澄んだ目で自分を見つめているのに気づいて、あわてて口を閉じた。志桜里は頭を下げて詫《わ》びた。

「たしかにわたくしもふれて欲しくないことがあると申しました。隣家の誼《よしみ》に甘え、お訊きすべきでないことを口にしてしまいました。申し訳ございません」

半五郎はうろたえて言葉を継いだ。

「いや、さように仰せられずともよいことでござる。それがしはどうも口の利き方というものを知らぬようで」

必死になだめようとする半五郎の様子に志桜里はくすりと笑った。半五郎は思わず安堵して、

「いや、これは、どうも」

と意味不明のことを言いつつ声を出して笑った。

志桜里はそれまで堅苦しい気持ちでいたのがほぐれるのを感じて、もうひとつの用件に移った。

「すみのことはもうようございます。それより、父が気になることを申しておりました。おうかがいしてよろしゅうございますか」

「なんなりと」

志桜里との間が縮まったように感じて半五郎は胸を張った。

「父が申しますには先ごろ、船曳様が復縁話はなかったことにして欲しいと言ってこられたそうです」

「ああ、なるほど」

あの時のことかと思いつつ半五郎は相槌《あいづち》を打った。

「そのおり、木暮様がわたくしを妻に迎えたいと望んでいる、と船曳様は言われたそうです。さようなことを船曳様に言われましたのでしょうか。もし、言われたのであれば、どうしてさようなことを口にされたのか、お訊きいたしとう存じます」

再び、鋭い口調で訊かれて、半五郎は、ううむ、とうなった。

「どうされました。お答えを聞かせてはいただけませぬか」

志桜里が怜悧《れいり》な口調で重ねて訊くと、半五郎は口を開いた。

「つまり、売り言葉に買い言葉というものでござった」

「よくわかりませぬが」

ひたと志桜里に見据えられて半五郎は額に汗を浮かべた。

「あのとき、船曳殿が、志桜里様に情をかけるつもりだったが、やめることにしたと言われたので、かっとなりました」

「それでわたくしを妻に迎えるつもりだと心にもないことを、おっしゃられたのでございますね」

「いや、心にもないことではござらん。志桜里様は人柄もよく、美しいお方でござる。男子たるもの誰もが妻に迎えたいと思うのではありませんかな」

抜け抜けと美しいなどと言われて志桜里は鼻白んだ。半五郎は思いのほか遊びにも長《た》けた男なのかもしれない、と思った。

志桜里が気にくわぬ様子で目を伏せるのを見て、半五郎はあわてて言葉を継いだ。

「いや、決して浮《うわ》ついた心持ちで話してはおりませんぞ。正直に申し上げたまででござる。ただ、それがし、妻は娶《めと》らぬと決めており申す。されば船曳殿によからぬ嘘を言ったことになります。申し訳ござらん」

半五郎が無骨な様子で頭を下げると、志桜里は話を継いだ。

「木暮様が妻に迎えるなどと口にされたのは、船曳様がわたくしを軽んじる物言いをされたゆえ、懲《こ》らしめるおつもりで言われたのではないかと思います。さように思うてくださるのは嬉《うれ》しゅうございますが、女子にとって軽々しく口にしていただきたくないことなのでございます。そのこと、おわかりいただけましょうか」

「わかります。それがしの不行き届きでござった」

半五郎の言葉を聞いて志桜里はにこりとした。

「おわかりくださりありがたく存じます。ご登城を妨《さまた》げまして申し訳ございませんでした。お見送りをさせていただきます」

頭を下げてから志桜里は立ち上がった。登城する半五郎を玄関で見送るつもりのようだ。

半五郎は困った顔をしながらもどことなく嬉しげに玄関に向かった。玄関で志桜里を振り向いた半五郎は、

「先ほどの女中の話でござるが」

と言った。志桜里は頭を振って答えた。

「そのことはもうよろしゅうございます」

「いや、さようではない。実はそれがし、間もなく御用にて江戸に参らねばなりません。戻るのは夏になりましょう。されば女中はそれがしと当分、顔を合わさずにすみます。その間に元気づけてやっていただきたい」

「江戸へ行かれるのですか」

なぜ、突然、半五郎が江戸に行くことになったのだろう、と志桜里は驚いた。半五郎はにこやかな顔で言い添えた。

「志桜里様もご存じでござろう。殿と江戸家老の安納源左衛門《あんのうげんざえもん》様、筆頭国家老、伊関武太夫《いせきぶだゆう》様、次席国家老、柴垣四郎右衛門《しばがきしろうえもん》様いわゆる重臣三家との間には確執がござる。殿は実家である旗

本水谷家の助力により、幕閣に訴えて藩政を改めるおつもりのようで、しばしば江戸に使者を出されています。しかし、その使者はいずれも不慮の死を遂げた模様なのです。おそらく三家が使者を闇に葬《ほうむ》っているのでしょう」

志桜里はあたりを見まわした。

「木暮様、さようなことを軽々しく口にされては」

案じるように志桜里が言うと、半五郎は安心させるように大きく頭を縦に振ってみせた。

「大丈夫です。家中の者は関わりを恐れて黙っておりますが、皆、知っていることです」

「さようでしょうか」

眉をひそめる志桜里に半五郎は笑顔を向けた。

「それに、此度《こたび》、江戸行きの白羽の矢はわたしに立ちました。命懸けの旅をすることになるのですから、少々のことを言ってもかまわないでしょう」

放胆なのか細心なのかわからない半五郎の物言いに戸惑いつつも、志桜里は目の前にいる半五郎が間もなく命も危うい旅に出るのだと思うと心配になった。

「江戸より、ご無事で戻られることを願っております」

志桜里が頭を下げると、半五郎は嬉しげに言った。

「いや、そのように志桜里様に言っていただけるとは思いませんでした。ならばぜひとも戻らねばなりませんな」

半五郎は一瞬、笑みを納めて真面目な表情で志桜里を見つめた。気恥ずかしくなった志桜里が目を伏せている間に、半五郎は玄関先の土間に下りたって振り向いた。

「では行って参ります」

志桜里は式台に跪《ひざまず》き、三つ指ついて、

「行ってらっしゃいませ」

と応じた。半五郎は満足げにうなずいた。

「見送りしてもらうのは、よい気持ちのものでござる」

言い残して半五郎は背を向けると門に向かった。

志桜里は見送りながら、半五郎の月代《さかやき》がきれいに剃《そ》れておらず、襟元《えりもと》もゆるんでいたのを思い出して気になった。襟ぐらいは直してあげたいと思ったが、他家の男に親しく振る舞うわけにもいかなかった。それでも志桜里は胸の裡《うち》で、

(いつか直して差し上げよう)

と思った。だが、いつかとは、どのような日なのだろうと思うと誰も見ていないのに頰が染まるのを感じた。

この日、城中では澤井庄兵衛が藩主小竹頼近《こたけよりちか》の御座所に呼び出されていた。

庄兵衛が膝行《しっこう》して手をつかえると、頼近は、声を低めて、

「先に話した通り、江戸への使者には木暮半五郎をあてることにした。さよう心得おくように」

と言った。庄兵衛は、承《うけたまわ》ってございます、と答えて顔をあげた。そして頼近をうかがい見るようにして訊いた。

「木暮めは、お役目を断らなかったのでございますか」

頼近はにやりと笑った。

「初めは、拙者はさような重大な役目を果たせそうにない、などと申して渋っておったが、主命である、と押し切った」

「それで、得心いたしたのでございますな」

「いや、自分は〈抜かずの半五郎〉と呼ばれており、主君の身を敵から守るためならともかく、さもなければ刀を抜かぬがそれでもよろしいか、と言いおった」

「ほう、それはまた不遜《ふそん》なことを申したものですな」

庄兵衛はいかにも憤慨《ふんがい》にたえないというように大げさに頭を振って見せたが、目は半五郎の申し条が気に入ったのか笑みをたたえていた。

頼近はふん、と鼻で笑った。

「余は、木暮に、書状を江戸の水谷家に届けるよう申しつけたのであって、刀を抜けとは命じておらぬ。抜く、抜かぬはそのほうの勝手だと申してやった」

「それで、木暮は何と申しましたか」

庄兵衛は興味深げに訊いた。

「それならば、江戸の使者に立たせていただきます、ただし、おそらく刀は抜かずにすませると存じます、と言いおった」

「ほう、江戸までおよそ三百里、刺客が待ち受ける旅でございますぞ。刀を抜かずにすませることができましょうかな」

庄兵衛は首をかしげた。頼近は膝を叩いて、

「さて、わからぬな。余は書状が江戸に届くのであればそれでよい。〈抜かずの半五郎〉がおのれで定めた誓いを守ろうが破ろうが余の知ったことではあるまい」

と言ってのけた。

「まことにさようでございます」

庄兵衛は頭を下げつつもかすかに眉をひそめた。頼近の物言いは時に乱暴に過ぎて、家臣の心を離れさせるところがあると思ったのだ。

頼近は話柄を変えた。

「時に、近習《きんじゅ》の船曳栄之進が一度、離縁したそなたの娘に復縁話を持ち込みながら、また、覆したとはまことか」

「殿のお耳にまで伝わりましたか、恐れ入ります。もはや決着のついた私事でございますゆえ、ご放念ください」

庄兵衛は苦笑して頭を下げた。だが、頼近は遮《さえぎ》るように手を上げた。

「いや、そうもいかぬ。船曳は才知優れ、見所のある者だと思っておる。それゆえ、三年前、そなたを勘定奉行に据えるとともに、船曳のもとに娘を嫁がせるよう余が仕向けたのだ」

「さようでございました」

「ところが船曳めは、三年嫁して子ができぬと申してそなたの娘を離縁しおった」

頼近は腹立たしげに言った。

「子ができぬからと言われれば致し方ございませぬ。何より姑の鈴代殿が娘を気に入らなかったようでございますから」

「いや、そうではあるまい。船曳の母はかつて江戸藩邸で奥女中の取締を務めておったそうな。奥の者たちの評判では賢婦であるというぞ。嫁いびりをして追い出すような真似はいたすまい」

「それでは、やはり、わたくしが三家の不正を調べたことが障《さわ》りとなりましたか」

庄兵衛は顔をしかめた。

「三家の者たちは、そなたを余から切り離そうといたしておる。そのため、船曳に三家のうち次席国家老、柴垣四郎右衛門の三女を妻合わせる話を持ちかけ、そなたの娘を離縁させたのだ」

「なるほど。しかし、それならばなぜ、船曳殿は復縁話を持ちかけたのでございましょうか」

「おそらく、駆け引きのためであろう」

「駆け引き？　わが娘を駆け引きの道具にしようとしたのでございますか」

さすがに庄兵衛の顔に憤《いきどお》りの色が浮かんだ。

「怒るな。船曳はそなたの娘を離縁したものの、柴垣家からはいっこうに縁組話を持ち掛けてこぬゆえ焦ったのであろう。ならば、そなたの婿《むこ》になって余につくぞ、と脅したのであろう」

「それで合点《がてん》が参りました。船曳殿が復縁話を言いふらしたゆえ、柴垣家があわてて縁組を進めたのでござるな。それで、船曳殿は意気揚々とわたしに復縁話は無かったことにと言ってきたわけですな」

「そういうことだ。言わば三家の余への締め付けのためにそなたの娘に嫌な思いをさせた。許せよ」

「いえ、お気遣いくださいますな。よくしたもので、捨てる神あれば、拾う神ありでございます」

「ほう、そなたの娘を拾う者が出て参ったと申すか。どのような男なのだ」

頼近は目を輝かせた。

「さて、つかみどころがなき者にて、どうなることやら、それがしにもいまだにわかりませぬが」

庄兵衛は半五郎の顔を思い浮かべながら答えた。

六

三日後――

半五郎が江戸へ旅立った。

密命を帯《お》びての旅のためか澤井家へ出立《しゅったつ》の挨拶はなかった。ただ、半五郎の家僕の佐平が、どこで伐《き》ったものか、辛夷の花がついた一枝を届けてきた。

それを見て、里江とよし、つるは、

「わが家に辛夷はありますのに、同じものをわざわざ届けられるとは」

「やはり木暮様は変わったひとでございますね」

「なにしろ〈抜かずの半五郎〉でございますから」

と喧《やかま》しかったが、志桜里は辛夷の枝を床の間の花瓶にそっと挿《さ》した。妹たちには言わなかったが、辛夷の枝には、

時しあればこぶしの花もひらきけり
君がにぎれる手のかかれかし

という和歌が書かれた短冊が添えられていた。

時がいたれば、蕾《つぼみ》のころは、ひとのにぎりこぶしのような形をしていた辛夷の花も開く、あなたの握った手も開いて欲しい、とはかたくなになって閉じている心を開いて欲しい、という意だろう。

床の間の花瓶に活けられた辛夷の花は清楚で美しかった。志桜里は半五郎がなぜ辛夷の花に和歌を添えたのだろうと考えていて、ふと、これはすみの心を開かせたいという思いを託したのかもしれない、と思った。

すみの父親は半五郎に斬られたという。そのとき、どれほど無理からぬ事情があったにして

も目の前で父親を殺されたすみが心を閉ざしてしまうのは当然のことだろう。

半五郎としては何とかすみの心を開かせたいと思うかもしれないが、たやすいことではないと思える。

「半五郎様は勝手なことをおっしゃる」

志桜里は辛夷を見つめながらつぶやいた。すると、この辛夷の花に託されたのは、すみだけでなく志桜里の心も開いて欲しいとの願いかもしれない、という考えが浮かんだ。

半五郎がそれほどまでに志桜里のことを考えるはずもない、と思っていったんは打ち消そうとした。

だが、胸の裡に湧いた思いは消えず、船曳家から離縁されて以来、かたくなになっている自分の心に思い当たった。

栄之進がどのようなつもりで復縁話を持ちかけたのかわからないが、あっさり手のひらを返されたことに傷つく思いは、やはりあった。

それだけに、半五郎が、志桜里を妻に迎えると栄之進に言い放ってくれたことを痛快に感じてもいたのだ。

それを半五郎の思い遣《や》りだと感謝する心持ちはあったが、口にすれば志桜里なりの矜持《きょうじ》が失われる気がして胸に秘めていた。

しかし、半五郎が命懸けの主命を果たすために江戸に向かったのであれば、その前に思っていることを告げればよかったと悔いた。とは言っても胸にある思いは何かと考えてみると志桜里自身にもつかみどころがない。

半五郎のかたわらにいると、気持ちがさほど滞《とどこお》らずに言葉になる気がするというだけのことかもしれない。

それは恋慕の情などとはほど遠いものに思え、あらためて口にするのも憚《はばか》られる気がした。ただ、半五郎が江戸へ向かい、あるいは二度と会うことができぬかもしれない、と思うと目の前がうっすらと翳りを帯びるような寂しさに包まれる気がした。

五月になり、庭木の緑が目に沁《し》みるようになった。

半五郎が旅立ってから、すみは次第に元気を取り戻し、笑顔を見せるようになっていった。

志桜里はすみの様子を見て、よかったと思いながらも、半五郎が旅から戻ればどうなるのだろうか、とも案じた。

たとえいまは元気になっても、すみにとって半五郎が父親を斬った男であることに変わりはない。

半五郎が江戸から戻る前にすみを辞めさせるほうがいいのかもしれない、としだいに思案するようになっていった。

それが母親亡き後、この屋敷の主婦である自分の務めだと思った。

そのことを確かめようと、よく晴れて座敷にもさわやかな風が吹き込むある日、志桜里はすみを居室に呼んだ。

かしこまって座ったすみに志桜里はやさしく声をかけた。

「今日はあなたに訊きたいことがあります」

「なんでございましょうか」

すみは愛らしい目を丸くした。このすみを辞めさせるのか、と志桜里は胸が痛んだ。それでもすみ自身のためだ、と自分に言い聞かせつつ、話を続けた。

「あなたはこの屋敷に来てからしばらく元気がありませんでした。隣家の木暮半五郎様に声をかけられてからのことだと思います。あなたの父御は十年前の深堀村騒動のおりに亡くなったと聞きました。木暮様は郡方として深堀村騒動を鎮圧に向かわれたそうですから、あなたの父御が亡くなられたことと関わりがあるのかもしれない、とわたくしは思いました」

志桜里が噛《か》んで含めるように言うと、すみは肩をすぼめてうつむいた。

「あなたからは言い難《にく》いことだと思いますから、わたくしが申しましょう」

できるだけやさしく志桜里は話した。

「あなたは木暮様の顔を見るのが辛《つら》いのではないかと思います。もし、そうならこの屋敷で奉公を続けるのは無理なのではありませんか。いったん村に戻って、また新たな奉公先を探してはどうでしょう。口入れ屋には、決して不始末で暇を出したわけではないことをわたくしから話しておきますから」

志桜里の言葉を聞いて、すみはぴくりと体を震わせた。しばらくすると、しくしくと泣き始めた。

「これ、どうしたのです」

志桜里は困惑した。だが、黙って待っていると、泣きやんで、

「わたしはこのお屋敷でご奉公をいたしたいと思います。お許し願えないでしょうか」

と涙に濡れた顔で訴えた。

ふと気が付くといつの間にか隣室に三人の妹が来て座っている。

志桜里が振り向いて、

「あなたたち、どうしたのです。わたくしとすみの話を盗み聞きするなんてはしたないですよ」

と叱《しか》っても、里江とよし、つるは平気な顔で口々に言った。

「すみを辞めさせるなんてひどいです」

「せっかく仲よくなったのに」

「姉上様は意地悪です」

志桜里は大きく息を吸ってから、

「よけいなお世話です。向こうへ行ってらっしゃい」

と声を高くした。志桜里が本気で怒ったと思った妹たちは、たちまち隣室から出ていったが、その際に、

「すみ、辞めないでいいからね」

「泣かないで」

と言い残し、さらに一番年下のつるらしい声が、

「姉上様の意地悪――」

ともう一度、言った。

「なんですって」

志桜里が甲高い声を出すと、廊下をぱたぱたと走っていく音が響いた。志桜里はすみに向き直って、

「わたくしはあなたに意地悪をしているわけではありませんよ。ただ、あなたが木暮様と顔を合わせては辛いだろうと思ったからです。無理もありません、父御が殺められるのを見たので

すから」

と諭《さと》した。だが、すみは顔をあげて言った。

「わたしは恐い思いはしましたが、それは木暮様のせいではありません。木暮様はわたしと母ちゃんを助けてくれたのです。それなのに、木暮様に会ったとき昔を思い出してしまいました。申し訳ありません」

すみの意外な言葉に志桜里は眉をひそめた。

「木暮様があなたと母御を助けたとは、どういうことなのでしょうか」

すみはうつむいて、ぽつりぽつりと話し始めた。


わたしのお父《とう》は村相撲で大関を張っていた大きなひとで、とても力が強く、乱暴でした。働くのが大嫌いでいつも濁酒《にごりざけ》を飲んで酔っ払っては、村のひとと喧嘩して殴《なぐ》り倒すので鼻つまみ者になっていました。

母ちゃんやわたしをいつも殴ってうさを晴らしていたんです。

母ちゃんとわたしは生傷が絶えたことがありませんでした。

それでも母ちゃんは父ちゃんの分まで野良仕事をして一生懸命、働いていました。村のひとたちも母ちゃんが働き者だと知っているから、何くれとなく助けてくれて、そのおかげでなんとか村で生きていけたのです。

ところが十年前、母ちゃんは体を悪くして寝込んでしまいました。そうなると誰も野良仕事に出ることができなくなり、村のひとたちも寄り付かなくなったんです。

明日、食べるものもなくなって、母ちゃんは働きに出ようと、懸命に起き上がりましたが、ひどい熱でまた倒れてしまいました。

わたしはまだ六歳で泣いて母ちゃんにすがることしかできませんでした。それなのに父ちゃんは濁酒に酔っては寝ている母ちゃんを蹴ったりなぐったりしました。

そんなとき、木暮様が村の見まわりで家に入ってこられたのです。

母ちゃんが病気で寝込んでいて、食べ物もないことを知ると、どこかから食べ物や薬をもらってきてくれました。

そして、母ちゃんに薬を飲ませ、囲炉裏《いろり》の火で雑炊《ぞうすい》を作ってくれたんです。わたしが雑炊を食べていると、父ちゃんが酒の臭《にお》いをさせて帰ってきました。

父ちゃんは家に木暮様がいて、母ちゃんが薬を飲み、わたしが雑炊を食べているのを見て怒鳴って暴れ出しました。

父ちゃんは木暮様に向かって、女房泥棒だとか、それはひどい悪口を言ったんです。それから土間にあった鎌をとって振り回して暴れました。

木暮様は父ちゃんの腕をねじあげて鎌を取りあげ、土間に投げ飛ばして押さえつけました。

すると、父ちゃんはおいおい泣き出して勘弁してくれと言うんです。

木暮様が父ちゃんを押さえていた手を放して叱りつけると、父ちゃんは頭を土間にこすりつけて謝りました。

そのとき、外からお役人たちを集める呼び声が聞こえて、木暮様は出ていかれようとしました。すると、父ちゃんは立ち上がって鎌を拾うと、

「お前のせいだ」

と怒鳴りながら母ちゃんに斬りかかったんです。それを見て木暮様は家の中に駆け戻って刀で父ちゃんを斬ったんです。

父ちゃんは血まみれになって土間に転がりました。わたしは木暮様が母ちゃんを助けてくれたことはわかったのに、父ちゃんが血だらけになった姿が恐くて、いつまでも泣いていました。


すみが話し終えると、志桜里は思わずため息をついた。

「そうだったのですか」

すみはうつむいて言った。

「だから、木暮様は母ちゃんの命の恩人なのです。それなのに、わたしはお礼も言わないで恐

がってしまって」

「無理なかったこととはいえ、木暮様はあなたの父御を手にかけたことにかわりはありません。礼など言って欲しいと思われてはいないでしょう」

志桜里はすみに言いながら、それにしても半五郎はなぜ、すみの父を斬った事情を上司に言わなかったのだろう、と思った。

志桜里が訝しく思ったことを感じとったのか、すみは言葉を継いだ。

「木暮様は、あの後、父ちゃんは強訴をしようとして斬られたことにするからとおっしゃいました。父ちゃんが母ちゃんを殺そうとして斬られたということになったら、母ちゃんやわたしがかわいそうだと思われたのでしょう。だから村のひとたちは、父ちゃんを斬った木暮様のことを鬼役人だと永《なが》いこと言っていました」

半五郎は斬った自分よりも夫であり父親を斬られた家族のことを先に考えたのだ。そう思うと、志桜里はせつなくなった。

その後、半五郎は刀を紐で結んでしまうほど百姓を斬ったことを後悔し、恩賞も辞退したのだ。

（誰にも、何も知られることなく――）

それが半五郎の生き方なのだ。

志桜里は半五郎が江戸に発《た》つ前に辛夷の花に添えた和歌を思い出した。

（辛夷の花のようにかたくなにおのれを表さぬ心を抱いているのは半五郎様なのではありませんか）

志桜里は半五郎の面影に語り掛けた。

――君がにぎれる手のかかれかし
半五郎に、かたくなな心をほどいて欲しい、と志桜里は思った。


夏になっても、半五郎は戻らなかった。

志桜里は里江の嫁入り支度を急ぎながら、いつも半五郎のことを心にかけていた。あるいは、半五郎はすでにどこかの山道で刺客の手にかかって果ててしまっているのかもしれない。

そのときでも半五郎は決して刀の紐を解《ほど》こうとしなかったのではないか。刀を抜かず、刺客に追い詰められていく半五郎の姿を思い浮かべて志桜里はたまらない気がした。

（生きていて欲しい――）

志桜里の胸の中にはいつしかそんな思いが湧いていた。

そんなある日、澤井家に女の客が訪れた。すみの報せで、志桜里が玄関に出てみると、五十過ぎの女人が立っていた。

思いがけないひとだった。

「母上様――」

志桜里は思わず、そう口にしてしまった。船曳栄之進の母、鈴代だった。

「まだ、母と呼んでくださるのですね」

鈴代は寂しげな微笑を浮かべた。鈴代が訪ねてくるとはよほどの用事だと思いつつ、志桜里は奥へ案内した。

すみに茶を持ってこさせ、客間で向かいあった。志桜里が船曳家を出たのは去年のことだが、鈴代は白髪も増え、十歳ほど年を取ったように見える。

鈴代はしばらく黙っていたが、不意に手をつかえ、頭を下げた。

「あなたを追い出したわたくしがこんなことを言えた義理ではないことはわかっていますが、船曳の家に戻っていただきたいのです」

鈴代の声は震えていた。

志桜里は言葉もなく、頭を下げる鈴代を見つめた。

七

鈴代は志桜里にとって厳しく、つめたい姑《しゅうとめ》だった。

その鈴代が困惑を露《あら》わにさらけだし、追い出した嫁に戻るよう懇願するとは考えられないことだった。

鈴代の話を聞いて、志桜里は二の句が継げずにいた。すると鈴代はため息をつきつつ言葉を重ねた。

「お話ししなければわからないと思いますが、わたしはあなたを嫁として気に入らずに憎んだわけではありませんでした。ただ、澤井様の娘を嫁に迎えることは望ましくないと思っておりました。縁談が起きたおりに考え直すように何度も申したのですが、栄之進はどうしてもとあなたを妻に迎えたのです。それにはわけがあったのです」

「わけとはどのようなことでございましょうか?」

志桜里が首をかしげて訊《き》いた。鈴代は淡々と答える。

「澤井様は殿様のお気に入りで三年前、勘定奉行になられました。それ以前から、澤井様に殿様が目をかけられていることはわかっておりましたから、家中では澤井様がいずれ重職につかれ、やがては家老にまで上ると見ているひとは多かったのです。栄之進はさような澤井様の娘御を妻に迎えれば出世の機会に恵まれると考えたのです」

「では出世のためにわたくしを妻に迎えられたのですか」

志桜里はあまりにあからさまな話に驚きながらも、心の底で栄之進にそのような思惑があるのではないかと感じていたことを思い出した。

武家の縁組とはもともと、双方の家が栄えるために行うものだと考えてみれば、何も意外なことではない。

縁談が進められる際にどこかに打算はつきものだ、ということは志桜里もわかっていた。しかし、これほどはっきりと言われては鼻白《はなじろ》む思いだった。

鈴代は志桜里を穏やかな眼差《まなざ》しで見つめた。

「あなたには腹立たしい言い方かと思います。されど、武家に生まれた女子には避け難い定めなのです。殿方は主君の馬前に死ぬ覚悟をもって、家を保ちます。女人は嫁することによって家と家を結び、ともに栄えさせるために、一身を擲《なげう》つのです。それが武門に生きる者の誇りではないでしょうか」

鈴代の言葉は志桜里の胸に響いた。武士も武門の女子も家のために生き、死ぬのかと思えば苦しく、悲しいだけだが、ひとが生きるとはおのれに与えられた宿命をおのれが選びとったものとして歩み続けることではあるまいか。

ひとはおのれひとりのためだけに生きるのではなく、この世を成り立たせる秩序を守ることによって、親であれ、子であれ、まわりの者を幸せにしていくのではないか、と思う。

自分自身の来し方を振り返っても、いままで生きることができたのは親の慈《いつく》しみがあってこそで、だからこそ、この世を美しいと思えるのではあるまいか。

だとすれば、自らの定めと向かい合うことは、避けてはならない務めであるように思える。

しかし、そのことと、船曳家に戻らぬかと言われるのは、別の話だろう。

志桜里は鈴代の顔を見ながら言った。

「仰せのことはよくわかりますが、そのことと、わたくしが船曳家に戻ることとはどのような関わりがあるのでしょうか」

鈴代は面目なげに目を伏せた。

「武家の女子はどうあるべきかなど口はばったいことを申しましたが、これから申し上げねばならぬことはさような覚悟とは無縁な、まことに恥ずかしき事情です」

鈴代は無念さを表情ににじませた。

「わたくしは、栄之進が出世のためにあなたを妻に迎えようとするのは船曳家のためにならないと考えました。船曳家は家中で三家と呼ばれる重臣の方々のうちでも柴垣様とのご縁が深いのです」

「柴垣様と？」

志桜里にとって初めて聞く話だった。

「もともと船曳家は四代前まで柴垣家の家士で、御家にとっては陪臣《ばいしん》の身分でした。しかし、柴垣様の推挙により、お取り立てがかない、藩士となったのです。いまでこそ、さほどに行き来はございませんが、かつては新年には必ず、年頭の挨拶《あいさつ》に船曳家の当主は柴垣様のお屋敷に出向いたものなのです」

「さようでございましたか。存じませんでした」

船曳家が柴垣家の家来筋だったとは、志桜里にとって思いがけない話だった。

「あなたが嫁入りされたころは柴垣様のお屋敷にご機嫌伺《うかが》いに出向くこともなくなっていましたから無理もありません」

「柴垣様が主筋であったため、わたくしは離縁されたのでしょうか」

志桜里は思い切って訊いた。もし、そうだとすると、自分が離縁されたのは三家と父の確執のためだということになる。鈴代はゆっくりとうなずいた。

「栄之進があなたを妻に迎えたことを耳にされた次席国家老の柴垣四郎右衛門様は栄之進を呼びつけられて、澤井様の縁につながろうとするのは、いままでの柴垣家との縁を踏みにじるものだ、と言われ、忘恩の徒だとさえ罵《ののし》られたそうです。さらにあなたを離縁するなら三女の琴《こと》様を嫁がせてもよいとまで言われたのです。栄之進はその言葉に乗せられ、あなたを離縁する気持ちになったのです」

鈴代に言われて、志桜里は栄之進の態度が変わった日のことを思い出した。志桜里が鈴代から叱られることがあれば、それとなく気遣いを見せていた栄之進がその日を境に知らぬ顔をし始めたのだ。

それとともに、鈴代は厳しく志桜里に接するようになった。日々の家事について言われるだけならまだしも女人としての心得から、父の庄兵衛が殿のお引き立てで出世しつつあることまで謗《そし》られて、居たたまれなくなった。

(あのように父まで謗られたのは、柴垣様の意向を受けてのことだったのか)

志桜里は得心がいった。

だが、あのころは、なぜここまで言われるのであろうかと、悲しく、口惜しさに涙した。しかし、それは女人として覚悟の足りぬことであったかとも思える。

船曳家に嫁したからには、かつて柴垣家が主筋であったことぐらいは心得て然《しか》るべきだった。さらに父が三家から憎まれていることも知っていた。三家との軋轢《あつれき》が自分自身の身の上に及ぶことも心得ているべきだったのではないか。

船曳家の嫁としての自分には至らないところがあったと思った志桜里は手をつかえて頭を下げた。

「さようなご事情を心得なかったのは、わたくしの不行き届きでございました。まことに申し訳のないことであったと存じます」

志桜里の言葉を聞いて、鈴代は一瞬目を閉じた。ゆっくりと瞼《まぶた》を開けたときには、目に涙が滲《にじ》んでいた。

「かように理不尽な姑であったわたくしに頭を下げてくださいますか。先ほど、武家の女人の誇りなどと話したことが恥ずかしゅうございます」

鈴代の声音はやわらかで情の深いものだった。

しみじみとした声は志桜里の心に沁《し》みた。母上様とはこのような方だったのか、それがわからなかった自分は未熟だった、という思いを深くした。

鈴代は志桜里を見つめて口を開いた。

「あなたのやさしさにすがる思いで申します。栄之進は先ごろ、あなたとの復縁を望むと澤井様に申し上げながら、すぐに手のひらを返したのはご存じでございますか」

志桜里は黙ってうなずいた。

「柴垣様が琴様を嫁がせてもよいと言われたのは、どうやらその場限りの方便だったようなのです。栄之進はそのことを知ってあなたとの復縁を言い出しました。あるいはあなたと復縁するという話を柴垣様の耳に届かせ、琴様との話を進めようという思惑があったのやもしれません」

「さようでございますか」

栄之進が父に復縁話を持ちかけながら、すぐに気が変わったからと打ち消した。それは柴垣家との駆け引きのためだったかもしれないと言われても志桜里は不思議に憤《いきどお》りを感じなかった。

その上、栄之進は半五郎に、志桜里を哀れと思って、情をかけてやろうとしたのだ、などと放言した。そのことで、いまさら恨《うら》み言を口にする気もなかった。

栄之進に対して心が固く閉じられているのだ。鈴代がどのようなことを言っても他人事《ひとごと》のような気がしていた。

「栄之進は、柴垣様から何か言ってこられると思い、復縁話を覆《くつがえ》したようです。しかし、柴垣様からは何もお話がありませんでした。栄之進は三家の方から見捨てられたのだと思います。柴垣様の意向に添おうとあがいた栄之進はまことに見苦しき振る舞いで武士としての信義を失ったようにわたくしは思いました。このままでは栄之進は家中の信を失い、武士として立っていくことができないでしょう」

鈴代はきっぱりとした口調で言った。

「さように申されますが、わたくしが戻りましたら船曳様は父と通じたと見なされ、家中の争いに巻き込まれることになるだけではございませんか」

志桜里が考えをめぐらして言うと、鈴代はきっぱりと答えた。

「武士たるものがいったん口にしたからにはやむを得ないことだと思います。栄之進はすでにいったん柴垣様のご意向に屈しました。これは二度、三度は許されぬことだと思います」

「ですが、それは母上様のお考えでございましょう。栄之進様にはさほどまでの覚悟で復縁いたそうとは思っておられますまい」

たしかめるように志桜里は訊いた。

「なればこそ、栄之進はわたくしが説《と》きます。それが武家の女人の果たさねばならぬことかと思いますゆえ」

さりげなく言う鈴代の言葉に並々ならぬ覚悟が秘められているのを志桜里は感じた。

そのことを知って、半五郎がからかったように、藩内には栄之進を軽んじる者がいるのだろう。

このままいけば、栄之進は三家の派閥にも相手にされなくなると鈴代は見たのだ。そんな鈴代の思いを忖度《そんたく》した志桜里は手をつかえて、

「母上様のお心はよくわかりましてございます。されど、家中での争いはこれからも続くのではないかと存じます。さようなおりに、武士の信義だけで自らの処し方を決めては悔いが残るのではありますまいか。一度、口にした復縁話を覆す恥も家を保つためには、忘れてよいのではないかと存じます」

と心を込めて言った。鈴代は微笑《ほほえ》んで答える。

「あなたから見れば、わたくしがつまらぬ見栄《みえ》をはろうとしているように思えるかもしれません。ですが、わたくしは家のもとを見失っていたと思ったから、あなたに戻って欲しいと申し上げているのです。今日、おうかがいして、あなたと話して、やはりその考えは間違っていなかったとあらためて思いました」

「家のもとと申されますと？」

志桜里には鈴代が何を言おうとしているかわからなかった。鈴代は静かに口を開いた。

「家のもととは、そこにいるひとが手をつなぎ合うことだと存じます。たとえどのように家柄が良く、その家に栄誉や富をもたらすひとであろうとも、手をつなぐ気になれぬひととでは家を守っていけません」

「さようには存じますが」

鈴代は何を言おうとしているのだろう、と志桜里は戸惑《とまど》った。

「わたくしはあなたが嫁に来られたときから、手をつなぎ合うことができるひとだと思いました。それなのに柴垣様のご意向に添おうとする栄之進を止められませんでした。いまになって、ともに手をつなぎ合えるひとでなければ家は保てぬと感じ入りました。それゆえ、お願いしているのです。ともに船曳家を守っていただきたいと」

率直に自らの思いを打ち明ける鈴代の言葉は志桜里の胸にしみた。

栄之進のもとに嫁すおり、志桜里は妻として生きることだけでなく、姑に仕《つか》えることや、やがては子をなすこと、そのうえで船曳家を守っていくことを心に誓った。

姑から辛《つら》く当たられ、夫にも守ってもらえなかったがゆえに船曳家を出た。だが、あの祝《しゅう》言《げん》の夜に胸に抱いた船曳家を守るという誓いは置き去りにしてきた。

船曳家でやり残したことがある、という思いはそれだったのかと志桜里は気づいた。なそうとしたことをなさずして、これからの生きる道を進めるのであろうか。

志桜里は困惑した。

八

江戸に向かった半五郎の消息はその後、伝わってこない。

志桜里は半五郎の身を案じながら、いつしか帰国を待ちわびる心持ちになっていた。

というのも、鈴代から船曳家に戻って欲しいと願われてから、志桜里の胸中は複雑だった。いったん出た家に戻ることは気が進まないが、ひとたび母上と呼んで仕えた鈴代の心を思いやらないわけにはいかない。どうしたものかと思い悩んでいるうちに半五郎に話して、考えを訊きたいという思いが募《つの》ってきた。

船曳家に戻って欲しいとの鈴代の願いを父に話せば、それだけで憤るかもしれず、栄之進を憎むかもしれない。自分のことで父と栄之進の間に抜き差しならぬ溝ができてしまうのは困ると思った。

それに比べて半五郎には相談をしやすい、心のおおらかさがあるように思える。

船曳家への復縁話など半五郎にとっては興味がないだろう。それでも、志桜里が相談を持ち掛ければ親身になって話を聞いてくれるのではないだろうか。

そう思案したとき、ふと半五郎が船曳家に戻るべきだと言ったとしたら、どうしよう、という思いが浮かんだ。

もし、半五郎が戻ったほうがいいと言えば、戻ることになるのだろうか。そう考えると志桜里はせつなくなった。

（半五郎殿に船曳家に戻れとは言って欲しくない）

では、どう言われたいのかと考えてみても、よくわからない。

ただ、何となくいまのままで半五郎が隣屋敷にいてくれる日々が心休まる気がするのだった。

志桜里は思いめぐらしてため息をつく日を過ごしていたが、ある日、下城した庄兵衛が苦い顔をして、

「木暮はどうやらお役目を果たしおったようだ」

「さようでございますか」

志桜里は目を輝かせた。

お役目を果たしたのなら半五郎は間もなく帰国するはずだと思った。しかし、庄兵衛はさらに意外なことを言った。

「だが、すべては無駄であったようだ」

「無駄とはどういうことでございましょうか？」

庄兵衛が何を言っているのかわからず、志桜里は首をかしげた。

「殿はご実家の旗本水谷家に使者を送り、三家との確執の裁きを幕閣に願い出る助力を仰《あお》ごうとされた。だが、これまでの使者はいずれも旅の途中で、三家の刺客によって殺《あや》められた。それで、半五郎が使者に選ばれたのだ」

「さようにうかごうております」

〈抜かずの半五郎〉と呼ばれ、刀を抜かないことを自《みずか》らに課している半五郎がこの危険な役目をやりとげられるのだろうかと志桜里は懸念《けねん》していた。

庄兵衛はうんざりした顔で話を続ける。

「木暮は刺客の目を逃れるためであろうが、東海道ではなく中山道《なかせんどう》を行ったようだ。余分な日数がかかったが、それはまあやむを得ぬ。しかし、その後、江戸に入る前に虚無僧《こむそう》に変装したのだ」

「虚無僧に？」

思いがけない話に志桜里は目を丸くした。

虚無僧とは禅宗の一派である普化宗《ふけしゅう》の僧のことだ。筒形の深編笠《ふかあみがさ》をかぶり袈裟《けさ》をかけ、刀を帯した。尺八を吹き喜捨を請いながら諸国を行脚修行した有髪の僧だ。

罪を犯した武士は普化宗の僧となれば、刑をまぬがれ保護されたことから、主家を追われたり、仇討《あだうち》の旅をする武士が虚無僧となることがあった。

「江戸に入るに際して身なりを変えるのは三家の目をごまかすための知恵だろう。それを思いついたのは感心だが、木暮はそのために、わざわざ武蔵青梅の鈴法寺《れいほうじ》まで赴《おもむ》いたそうだ」

ため息をついて庄兵衛は話した。

「木暮様は、そのお寺になぜ参られたのでございますか」

志桜里は首をかしげた。江戸に入るにあたって半五郎が変装したのはわかるが、なぜ武蔵の寺に行かねばならなかったのだろう。

「御公儀では虚無僧を西国では京都大仏の妙安寺《みょうあんじ》、東国では一月寺《いちがつじ》と武蔵青梅の鈴法寺に取り締まらせ、寺社奉行が差配しておられる。木暮は形だけ虚無僧になっては見破られると思ったのであろう、鈴法寺に赴き、二十日ほどかけて虚無僧法度や経文を学び、まことの虚無僧になったらしい」

虚無僧には、いくつかの掟《おきて》があるとされる。

一 江戸吹入りの虚無僧之れ有るに於いては、たしかに其の師匠虚無僧の名を聞き、きっと師に断り、追い却《かえ》すべき事。

一 寺建立の時、十方の檀那《だんな》寄進して之を立つと雖《いえど》も、結構美麗に及ぶべからざる事。

一 寺地質物に入れ、奢侈《しゃし》すべからず。付けたり、四壁を荒らし、竹木を伐《き》るべからざる事。

などである。これらを心得て初めて虚無僧と言える。

半五郎はこれらの掟をはじめ、虚無僧として会得《えとく》しなければならないことを修行したのだという。

馬鹿正直にもほどがある、と庄兵衛は苦虫を嚙《か》み潰したような顔で言った。

「ですが、それほど用意周到になされたゆえ、木暮様は水谷家に殿の書状を届けるというお役目を果たされたのでございましょう」

「その通りで役目は果たした。しかし、日数がかかり過ぎた。三家では殿が木暮を使者としたことをつかんでおった。しかし、木暮を捕えることができぬゆえ、業を煮やして江戸家老の安納源左衛門様が水谷家に家中での争いに介入されぬよう談じ込んだのだ」

「安納様がさようなことを」

志桜里は息を吞んだ。

安納源左衛門は四十過ぎだが、家中でも切れ者として知られており、老中方への付け届けなども怠《おこた》りなくして、幕閣の覚えもめでたいと言われていた。

そんな源左衛門が乗り込んだとあっては水谷家でも困惑しただろう。

「水谷家のご当主、豊前守晴信《ぶぜんのかみはるのぶ》様は殿にとって長兄にあたられるが、温厚なお人柄だけに安納様の強談判《こわだんぱん》に恐れをなしたらしい。小竹家の騒動に介入はせぬと仰せになられたということだ。半五郎が虚無僧姿で江戸に入り、水谷家の門を叩いたときには、すでにすべては終わっていた」

「それでは殿様の目論見《もくろみ》は水泡に帰されたということでございますね」

眉をひそめて志桜里は言った。半五郎はせっかくお役目を果たしながら、日数がかかったために、徒労になったのだ。

「そうだ。半五郎は水谷家を訪れた後、江戸藩邸に現れ、わしと同様、殿様のお声がかりで江戸藩邸の側用人《そばようにん》となっている滝弥三郎《たきやさぶろう》殿にことのしだいを告げた。その後、半五郎は姿を消したそうだ」

「いずこへ参られたのでしょうか」

お役目をしくじった半五郎はどうしたのだろう、と心配になった。

庄兵衛は志桜里の顔をちらりと見てから鼻で嗤《わら》った。

「木暮のことを案じずともよいぞ。あ奴は滝殿に水谷家でけんもほろろに追い返されたと告げた後、いま少し、虚無僧の修行をしたいから鈴法寺に参ると申していたそうだ」

「虚無僧になって国に戻られないおつもりなのでしょうか」

半五郎が帰国しないのではないかと思うと志桜里は不安になった。

「まさか、さようなことはあるまい。殿様は水谷家に三家の手が入ると考え及ばなかったのはご自分の浅慮だったと言われておるから、木暮を咎《とが》めるおつもりはないようだ」

「それなのに、虚無僧の修行のためお寺に入られたのでございますか」

「まことに変わった男だ」

庄兵衛はあきらめたように苦笑した。

庄兵衛が半五郎の消息を話してから十日後、志桜里は朝餉《あさげ》の後、庭に出て竹箒《たけぼうき》で掃除《そうじ》をしていた。

すると、どこからともなく尺八の音色が聞こえてきた。はっとした志桜里が隣家との境にある生垣に駆け寄ると、半五郎が縁側で尺八を吹いているのが見えた。

鈴法寺で修行したとのことだが、それにしては、まだ尺八は下手だった。音が途切れ途切れで、しかも、時折り妙に甲高い音が出たりしている。

志桜里は思い切って生垣越しに声をかけた。

「半五郎様——」

いつの間にか半五郎を名で呼ぶようになっていた。胸の裡で何度も名で呼びかけているうちに、それが当たり前のようになったのだ。

面と向かって半五郎と呼びかけたのは初めてだが、志桜里はそのことに気づかなかった。

志桜里に声をかけられた半五郎は振り向き、にこりとすると尺八を手にして縁側を降り、庭下駄をはいた。

生垣に近づいてきた半五郎は永《なが》の道中をしたためか、日に焼けて精悍《せいかん》に見えた。

「おひさしぶりです」

悠然と半五郎はあいさつした。

「いつお戻りになられたのですか」

志桜里は何となく切り口上で訊いた。

「昨晩、遅くです。今朝方、ご挨拶にうかがおうと存じましたが、澤井様のご出仕をお引き止めしてはなるまいと存じました」

「ですが、父は半五郎様のことを案じておりましたのに」

心配していたのは、自分も同じだ、と思いながら志桜里は言葉を継いだ。

「お隣なのですから、たとえ夜遅くともひと声かけていただきとうございました」

「なるほど、さようですな。これは失礼いたしました」

そう言いながら、半五郎は尺八を構えてから吹いた。かすれたような聞き取り難い音が出た。

「それは何でございますか」

志桜里に問われて半五郎は少し恥ずかしそうに、

「〈鶴の巣籠《すごも》り〉という曲です。虚無僧がよく吹く曲なのですよ。尺八の琴古《きんこ》流では〈巣鶴鈴《そうかくれい》慕（ぼ）という曲名だそうです。鶴の子育てや親子の情愛を伝える、なかなか味わい深い曲のようです」

と言った。いま、半五郎が吹いた音色はとても親子の情愛を伝えるものとは言えなかったと思いながら、志桜里は、単刀直入に言った。

「わたくし、半五郎様に聞いていただきたいことがございます。いまからお屋敷にお邪魔してもよろしゅうございましょうか」

志桜里に話があると言われて、半五郎はちょっと驚いた顔をしたが、すぐに笑った。

「よろしゅうござるとも。それがし、明日、登城いたしますゆえ、今日のうちにお話をおうかがいいたしましょう。ただし――」

半五郎は言いかけてからあたりをうかがい、声をひそめた。

「それがしは江戸に赴いてのお役目はしっかり果たしました。殿様の思い通りにはならなかったと存じますが、それはやむを得ぬことでござる。お咎めがあるとは思っておりませんので、案じてくださらずとも大丈夫ですぞ」

半五郎は志桜里が自分を心配して話しに来ようとしているのだ、と思ったらしい。

志桜里はちょっと半五郎を見つめてから、何も言わずに頭を下げて家の中へ戻った。

半五郎は首をかしげて見送ったが、どうやら志桜里の話は自分のことではないらしいと察して少し気落ちした顔になった。

間もなく志桜里は半五郎の屋敷の玄関にまわって訪《おとな》いを告げた。すぐに家僕の佐平が出てきて客間へと通した。

半五郎は客間で所在なげな顔をして待っていた。志桜里は手をつかえて頭を下げた。

「突然、押しかけて申し訳ございません」

半五郎は、はあ、とくぐもった声を出して志桜里を見つめる。志桜里は顔を上げてから、

「実は船曳栄之進様の母上、鈴代様が先日、わたくしに船曳に戻って欲しいと申されに来られたのです」

ほう、と声を上げて半五郎は志桜里を見つめる。

志桜里は目を伏せて話を継いだ。

「わたくしは船曳家を追い出された身ですから、いまさら戻る気にはなれません。ですが、船曳家に嫁するときには、自分なりの覚悟を抱いていたと思います。嫁として船曳家のために尽くさねばならぬと、そのときは心に定めたのです。あのおりの思いがたしかなものであるのなら、鈴代様の申し出を断れないとも思ってしまうのでございます」

半五郎は志桜里の話を聞いて微笑した。

「つまりは、迷っておられるのですな」

志桜里は大きく息を吸ってから答えた。

「さようでございます」

半五郎は目を閉じて考え込んだ。沈黙が続いて息苦しくなった志桜里が、

「もし、半五郎様――」

と声をかけると、半五郎は瞼を開けた。落ち着いた眼差しで志桜里を見つめる半五郎はゆっくりと口をひらいた。

「ただいまのお話について、わたしは何ともお答えしようがございません。なんとなれば、すべては志桜里様のお心しだいだからです」

「わたくしの心しだい？」

志桜里は思わず鸚鵡《おうむ》返しに言葉を繰り返していた。半五郎は頭を大きく縦に振った。

「志桜里様が思いまどわれているのは、女人の道とはいかなるものかということでございましょう」

志桜里は少し考えてからうなずいた。

「さようであろうかと思います。女子が嫁するとき、自分の胸に刻んだ覚悟は武士にとっての忠義の思いと同じことかと思います。なにごとかをなそうとして嫁いだのであれば、なすべきことをなさずに離縁されたことは悲しゅうございます。鈴代様からあらためて求められるのな

ら応じなければならないのではないかと思うのです」

半五郎はやわらかな視線で志桜里を見つめる。

「それが志桜里様のお心であれば、さようになさればよいと存じます。ただ、船曳家に戻るとは船曳殿の妻として生きることであるのは言うまでもありますまい」

半五郎が言うのは当たり前のことだったが、志桜里は胸を突かれた。鈴代の話を聞いたとき、船曳家の嫁として戻るのだ、とは思っても、栄之進の妻になることはなぜか考えなかった。

半五郎はさらに話を続ける。

「志桜里様が船曳家の嫁として、さらには船曳殿の妻として、やり残したことがあるというお心であれば、戻られるほうがよろしいと存じます。ただし、ひとには見栄というものがございます」

「見栄——」

半五郎の言葉に志桜里ははっとした。

「さよう、志桜里様は婚家から離縁された身でござる。自らの居場所と心に定めたところにいられなくなるのは、ひとにとって辛いことでござる。どのように生きていけばよいのかわからなくなり、おのれを見失います」

半五郎は丁寧な口調で言葉を重ねる。

「さようなときに、婚家から戻って欲しいと言われれば、見失ったおのれを取り戻せると思うのではありますまいか。もし、さようなお心で戻られるのなら、それはやめたほうがよろしいでしょう」

志桜里はうかがうように半五郎を見つめた。

「なぜでございますか」

半五郎の答えしだいで、どうするかを決めようと志桜里は思った。半五郎は淡々と言葉を継ぐ。

「おのれの生き方はおのれの心が決めるものです。ひとが求めているからとひとの心で決めては悔いが残ります。不義理も不人情もおのが心を偽《いつわ》らぬためにはやむを得ぬかと存じます」

きっぱりとした半五郎の口調に志桜里は胸の裡がすっとする思いだった。

鈴代に言われて船曳家に戻るべきかもしれない、と心が揺らいだのは、やはり離縁された妻という引け目があればこそだったのかもしれない。

かつての姑から戻って欲しいと懇願《こんがん》されたことで、自分の誇りを取り戻せる気がしたのだが、それはやはり、半五郎が言うように見栄だった。

志桜里は船曳家には戻るまい、と思いながらも、ふと、半五郎にあることを問うてみたいと思った。

「半五郎様のお諭《さと》しはよくわかりましてございます。わたくしの心に従って決めたいと思います。ですが、半五郎様のお心はいかがなのでしょうか。わたくしがまた、船曳栄之進様の妻になることをどう思われますか」

急に問われて半五郎は押し黙った。

見る見る顔が赤くなり、声をつまらせながらも半五郎は、

「わたしは志桜里様が船曳殿の妻になられることは嫌でございます」

と言い切った。

「ありがたく存じます」

志桜里ははなやかな微笑を浮かべた。

九

翌日、半五郎は昼過ぎに登城した。

上役のもとに赴き、江戸から戻ったことを報告した。上役はふんふんと聞いていたが、半五郎が話し終えるやいなや、

「そなた、江戸でとんだしくじりをしたそうだな。当分、出仕には及ばぬ、屋敷に戻り、謹慎

いたせ。これは上意である」

と言ってのけた。

半五郎は目を丸くした。

「これは、なんとしたことでござるか。それがしはしくじりをいたした覚えはございませんぞ」

上役はせせら笑った。

「しくじりかどうかは殿のお考えしだいだ。お主は殿のご機嫌を損じたのであろう。四《し》の五《ご》の言わずに、さっさと屋敷に戻ったらどうだ。さもないとお咎めを受けることになるぞ」

上役に決めつけられて、やむなく半五郎が下城の支度《したく》をしていると、船曳栄之進が傍《かたわ》らに寄ってきた。

「殿より、密命を仰せつかりながら、果たせなかったそうだな。いずれお役御免ということになるであろうから、これで、お主とも顔を合わせずにすむことになりそうだ」

栄之進は嘲《あざけ》るように言った。文机《ふづくえ》に向かって書類をそろえていた半五郎は顔を上げて、栄之進の顔をまじまじと見つめた。

栄之進は色白でととのった顔をしかめた。

「なんだ。気に障《さわ》ったのか。当たり前のことを申しただけだぞ」

半五郎はゆっくりと頭《かぶり》を振った。

「いや、そのことではござらん。ただ、何とのう、申し訳なく思っただけのことでござる」

半五郎は昨日、志桜里と話したことを思い出していた。志桜里から、ふたたび栄之進の妻になることをどう思うか、と訊かれて、嫌だ、と答えてしまった。

栄之進がまことは志桜里との復縁を望んでいるのだとしたら、邪魔立てをしたことになる。他家の者が口を差し挟む筋合いのことではなかった、とあらためて思った。そのことを栄之進に言おうとは思わないが、詫《わ》びだけは言っておきたくなった。

「まことに申し訳ござらん」

半五郎は重ねて言うと頭を下げた。栄之進は鼻白んで立ち上がった。半五郎を見下ろして、

「煮ても焼いても食えぬ男だ」

とつぶやいてから背を向けて御用部屋を出ていった。半五郎は栄之進を見送った後、座ったまま大きく背筋を伸ばした。


そのころ本丸の黒書院で藩主頼近は庄兵衛と話していた。頼近から半五郎に謹慎を命じたと聞かされて、庄兵衛は片方の眉をあげて訝《いぶか》しげな表情になった。

「江戸でのお役目をしくじったことについてお咎めはないとうかがっておりましたが」

庄兵衛が問いかけるように口にすると頼近は苦笑した。

「咎めたのではない。用心のためだ」

「用心とはどのようなことでございますか」

庄兵衛は鋭い目になって問うた。頼近はさりげなく答える。

「江戸家老の安納源左衛門が間もなく国許《くにもと》に戻って参る。どうやら此度《こたび》の一件について三家そろってわしを責め立てるつもりのようだ。そんなおり、木暮が城中におっては、どんな火の粉をかぶるかわからんからな」

庄兵衛はうなずいた。

「さようでございますか。しかし、安納様のご帰国は殿の命によるものでないのであれば、国許に入るなり、勝手な振る舞いを咎めて、蟄居《ちっきょ》させる手もございますぞ」

「わしも一度は、安納の帰国を咎めて腹を切らせることも考えた。だが、それでは三家のうち、二家はそのまま残る。安納に腹を切らせたことを不満として、家中は手の付けられぬ騒ぎとなろう」

頼近は案じる顔になった。庄兵衛は膝をぴしゃりと叩いた。

「なるほど、却《かえ》って三家の思うつぼにはまるというわけですな。しかし、安納様もあるいは切腹させられかねぬ危うい橋を渡って帰国されるからには、生半可《なまはんか》な覚悟ではございますまい。

三家の攻めは容易ならぬことになりますぞ」

頼近はにやりと笑った。

「そうだな。なにせ、わしは実家の水谷家を頼ろうとしてしくじったばかりだ。三家の攻めをしのぐのは骨が折れよう」

「三家の狙いは何でございましょうか」

庄兵衛は案じ顔になった。

「おそらく、わしを押し込め、家督を嫡男の鶴千代に譲らせようというのであろう」

「しかし、若君はまだ元服前の十四歳におわします。藩主となられるのはいささか早すぎましょう」

庄兵衛が言うと、頼近は笑った。

「それが三家の狙いなのだ。彼《か》の者たちにとって藩主は何も言わず、おとなしくしておるに越したことはないのだ」

「さようではありましょうな」

庄兵衛はため息をついた。若い鶴千代が家督を継いで藩主となれば、すべては三家の思いのままになり、藩の財政を改めることなど夢のまた夢だった。

頼近はあごに手をやって、考えながら口を開いた。

「三家はまず、わしを責め立てるであろうが、同時にそなたにも手を伸ばしてくるに違いない。木暮を謹慎させたのは、そなたの屋敷を隣家から守らせるためでもある」

「三家はわたくしを殺めようとするとお考えでございますか」

庄兵衛はさすがに緊張した。

「そなたさえ、あの世に送れば、わしは手足をもがれたも同然だ。たとえ、藩主の座にあったとしても何もできぬ。だからこそ、木暮に守らせるのだ」

頼近は不敵な笑いを浮かべた。庄兵衛は首をひねる。

「しかし、木暮は〈抜かずの半五郎〉でございます。もし、三家の刺客が襲って参りましたら、〈抜かずの半五郎〉では役に立ちますまい」

「木暮が刀を抜くか、抜かぬか。藩の行く末がどうなるか、すべてはそこにかかっておるかもしれぬな」

頼近はからりと笑った。


この日の夕刻、志桜里は船曳屋敷を訪ねた。

鈴代からの申し出を断るつもりだった。しかし、船曳家の門をくぐってすぐに、来るのではなかった、と後悔した。

嫁して三年近くを過ごした屋敷だけに、庭木や玄関の式台など目に触れるものに、やはり思い出があった。思いめぐらしてみれば、鈴代に辛くあたられ、ついには出るしかなかった屋敷だが、悲しいことばかりではない。

妻となった初めのころ、栄之進はやさしく、自分もまた船曳家の家風になじもうと懸命に努める新妻だった。

家事につとめ、屋敷内を塵《ちり》ひとつないように掃除をし、栄之進の食事に気を配り、さらには親戚との冠婚葬祭での交際への気遣いなど、心を労して怠《おこた》りなく務めて張りのある暮らしを送っていたように思う。

嫁してすぐに鈴代が心を開いてくれないことに気づいたが、それでも努めればいつかはきっとわかっていただけるという望みを抱いていた。

さらにはひとの妻として生きるうちに身の内から、娘のころにはなかった、艶《あで》やかさや輝きが湧いてくるのがわかった。

姑との間がうまくいかなくとも、いずれ子供が生まれるであろうし、そうなればすべては良い流れに向かうと自分に言い聞かせた日々でもあった。

そんな暮らしの中にいた自分を忘れ去ることはやはりできない。思いが届かず屋敷を出ることになったにしても、けなげに努めていた自分はやはりここにいたのだ、と志桜里は思った。

訪いを告げると出てきた家僕は目を丸くして志桜里を見つめた。

「これは、若奥様――」

かつてこの屋敷にいたころと同じように家僕は呼びかけた。志桜里は頭を振って、

「今日は、母上にお話があって参りました」

と言葉少なに言った。家僕はあわてて屋敷の中に入った。すると、ふたりの女中が奥から出てきた。

ふたりとも志桜里と親しみ、鈴代に厳しくされるたびに、ひそかに支えてくれた。志桜里が屋敷を出なければならなくなったときは号泣して目を赤く泣き腫《は》らして見送ってくれたのだ。

ふたりは志桜里を見て、家僕と同じように、若奥様、と言っただけで跪《ひざまず》いた。志桜里はふたりに、

「元気にしていましたか」

と声をかけた。年かさの女中が、

「はい、わたしどもは元気にしておりました。ただ、大奥様が――」

と言いかけたとき、若い女中が年かさの女中の袖《そで》を引っ張った。年かさの女中ははっとして、口に手を当てた。

鈴代に何かあったのだろうか、と志桜里が考えていると、家僕が戻ってきて、

「大奥様がお会いになられるそうでございます」

と告げた。

志桜里は家僕に案内されて、客間へと向かった。かつて暮らしていた屋敷というものは、これほどまでに懐《なつ》かしいものなのかと志桜里は思った。

廊下を進むにつれ、屋敷の中に漂う、香の匂いが心を落ち着かせた。襖《ふすま》も柱も天井ですら、なじみ深く感じられる。

志桜里が客間でしばらく待つと鈴代が入ってきた。

先日、志桜里を訪ねてきたときよりも、痩《や》せて見えることが気になった。

「母上様——」

手をつかえ、頭を下げた志桜里が声をかけると、鈴代は微笑した。

「よく来てくださいました。御用の向きはわかっております。先日、わたくしが申し上げたことをお断りに見えたのでしょう」

淡々と言われて、志桜里は言葉が出なかった。

手紙で断るのもいかがかと思って訪ねてきたのだが、鈴代と向かい合うと言葉を発することさえためらわれた。

何も言うことができずに志桜里がうつむくと、鈴代はやさしく声をかけた。

「何も気にされることはありません。無理なことを申し上げたのはわかっております。それなのに、わざわざ足を運んでいただいて、申し訳なく思います」

「いえ、さようなことはございません。わたくしはこの家に嫁いだときは未熟でございました。母上様のお気持ちの深さを察することもできずに、いたらない嫁であったと存じます」

志桜里は声を振り絞るようにして言った。

鈴代はやわらかな声で応じる。

「そんなことはありません。いたらなかったのはわたくしども親子だと思います。栄之進は幼くして父を失い、頼りない身の上でしたから、ひとさまよりも出世をいたしたいという思いが強いのだと思います。殿のお気に入りで出頭人《しゅっとうにん》である澤井様の娘であるあなたを妻に迎えようとしたのは、出世のためではありましょうが、ひとつには澤井様を敬《うやま》い、まことの父のように思う気持ちがあったのだと思います」

「わたくしの父をまことの父のように」

志桜里は目を瞠《みは》った。

そういえば、志桜里が嫁してから栄之進はしばしば澤井家を訪れては庄兵衛と酒を飲み、歓談していた。

そんなおりの栄之進はまことに楽しげだった。あの様子に嘘はなかったように思える。

「栄之進は柴垣様に言われて、あなたを離縁したことをずっと苦にして参りました。しかし、それだけにひとからそのことを詰《なじ》られたくないと思って、いつも虚勢を張っているのです」

鈴代はため息をついた。

志桜里は栄之進と暮らし、このひとは人柄につめたいものがあると感じたことを思い出した。薄情ではないが、何事でも、まず自分の気持ちを考えてしまうところがあった。

栄之進はひとの思いを慮《おもんぱか》ることをしない。

自分のことを考えるのが当たり前だと思っているいると思っていたが、鈴代の話を聞いてみれば、父を亡くし、自らの力で生きようとするあまりの気負いだったのかもしれない。

もし、そうであるならば、志桜里がもっと一途《いちず》に栄之進にすがっていれば、おたがいに違う在り様があったのではないだろうか。

そんなことを考えつつ、志桜里は客間に面した中庭に目を遣《や》った。

すでに日が傾き、庭木や石灯籠《いしどうろう》に夕陽が差して赤く染めている。もはや、帰らなければと思いつつ、庭を眺めた志桜里は庭木が手入れされておらず、荒れていることに気づいた。

松の枝が強風のためだろうか、何本か折れて、しかも下には落ちず、ほかの枝にひっかかったままになっている。

自分がいたころには、これほど庭を荒れさせたことはなかったと思った志桜里は思わず立ち上がって縁側に進んだ。

縁側の端の近くにある蹲《つくばい》を見て眉をひそめた。蹲に小鳥が死んで浮いている。

(この屋敷はどうしたのだろう)

栄之進は庭を見ることもなくお城勤めに勤《いそ》しんでいるのだろうが、かつての鈴代はこのような荒《すさ》み方を嫌った。

家僕か下男に指示して庭を常に整えていた。しかし、言う者がいないと庭はすぐに荒れるのだ。

志桜里は余計なことで、自分が口出しすべきではない、と思いながら、

「母上様、蹲の水は替えられたほうがよろしいのではありますまいか」

と言った。すると、鈴代は穏やかに答える。

「そうですね。近頃は庭に出て手入れをすることが少なくなりました」

志桜里は鈴代に目を遣《や》ってはっとした。

鈴代の横顔は日差しに赤く染まっている。だが、その眼差しはさっきまで志桜里が座っていたあたりに向けられたまま動かない。

鈴代はいまもそこに志桜里が座っているかのように微笑みを向けていた。志桜里は座敷に戻って座ると、鈴代に向かって手をつかえた。

「母上様、失礼なことを申し上げますのをお許しください。もしや、目がお悪いのではございませんか」

鈴代はゆったりと志桜里の声がした方に顔を向けた。しかし、目は志桜里をとらえられず、あらぬ方を見つめている。

「ああ、わかってしまいましたね。近頃、目が霞《かす》んで物の形がはっきりと見えません。夕方になると何も見えなくなってしまいます。おそらく間もなく昼間でも見えなくなるのかもしれませんね」

「でも、先日、わたくしの家に見えられましたときはそんなご様子はありませんでしたが」

志桜里はあの日のことを思い出しながら訊いた。

「昼間は何とかなるのです。あのときは女中に手を引いてもらってお屋敷までうかがい、後はおよその見当で動きました」

「存じあげませず、申し訳ございません」

志桜里は頭を下げた。

「とんでもないことです。わたくしの目のことで、あなたに気を遣わせたくはありませんでしたから」

鈴代は明るく言った。しかし、鈴代の目が不自由になりつつあると知って、志桜里は胸が詰まる思いがした。

鈴代は光を失っても栄之進のためにできることをしようと懸命なのだ。そんな鈴代を目の当たりにして、志桜里は動揺した。

(わたくしはこの人を見捨てることはできない)

志桜里は胸に湧き起こる思いを抑えかねた。

十

澤井家は思いがけない不運に見舞われた。

かねてから次女の里江と勘定方稲葉治左衛門の長男幸四郎との縁談が進んでいたが、稲葉家から突然、破談の申し入れがあったのだ。

その理由として稲葉家では、志桜里が船曳栄之進から離縁され、復縁の話があったにもかかわらず、立ち消えになったことをあげているという。

庄兵衛は志桜里と新太郎、里江、よし、つるを屋敷の居間に集めてそのことを告げた。

「まさか、信じられませぬ」

志桜里は愕然《がくぜん》となった。傍《かたわ》らの里江は肩を落とし、いまにも消え入りそうだった。

新太郎が憤然として、

「姉上が不縁になられたことは、稲葉家でも、とっくに知っていたはずではありませんか。それなのに、なぜ、いまさら、破談などと言ってこられたのでしょう」

と言った。着流しに木綿《もめん》の袖無し羽織を着た庄兵衛はあごをなでながら、

「さて、そのことだが――」

と言いかけて、ちらりと志桜里を見た。

「父上、わたくしへのお気遣いならば、無用でございます。里江の縁談はわが家にとって大事なことでございます。すべてをお聞かせください」

志桜里はきっぱりと言った。

さようか、ならば申そう、とつぶやいた庄兵衛は志桜里たちの顔を見回しながら、

「先日、船曳家の鈴代様が、戻って欲しいと志桜里に願われたそうだ。しかし、志桜里は色よい返事をしなかったということだ。稲葉家ではさように情の強《こわ》い姉を持つ里江は家風になじまぬので、縁組を取りやめたいと申してきたのだ」

と淡々と言った。

志桜里は眉をひそめた。

鈴代からの申し出を断ろうと思ったのは、たしかだが、そのことを伝えに船曳家に赴《おもむ》いたと

ころ、鈴代が目を病んでいることを知った。

鈴代は間もなく光を失うかもしれない、そう思うと一度は姑《しゅうとめ》として仕えたひとに情の無い言い方もできず、結局は何も言えないまま戻ってきた。船曳家を訪ね、鈴代の病を知ってしまえば、一度嫁いだ縁を大事にして戻るべきではないのか、と思い惑う気持ちになっていた。しかし、復縁話で自分が迷っていることが、里江の縁談にまで及ぶとは思いもよらないことだった。

里江がみじろぎして口を開いた。

「父上、さように仰せられては姉上がお気の毒です。稲葉様がわたくしとの縁談をお断りになられたのは、わたくしが不束者《ふつつかもの》だからでございます。幸四郎様のお気に召さぬところがあったのだ、と思います」

里江が涙ながらに言うと、よしとつるが身を乗り出して、口々に言った。

「そんなことはございません。幸四郎様は姉上のことを気に入っておられました」

「姉上も幸四郎様をお慕いしておられて、お似合いの夫婦になられるはずでしたのに」

残念そうに言ったふたりは不意に泣き伏した。庄兵衛が困った顔になると、志桜里が口をはさんだ。

「幸四郎様はまことにご闊達《かったつ》なお人柄で、お見合いで里江を気に入られてから、頂戴物のおすそ分けや、里江に読ませたい書物があるなどと仰せになって何度かわが家にお越しになりました。まことに里江を伴侶に望まれていたのだと思います」

志桜里が悔しげに唇を噛《か》むと庄兵衛は平然と答えた。

「さようなことは、そなたから聞かずともわかっておる。それに、稲葉家が申してきたことは、破談にするために、無理やり考えただけのことであろう。稲葉家の本意はわしには察しがついておる」

庄兵衛の言葉に新太郎は膝を乗り出した。

「それは何なのでございますか」

庄兵衛はうなずいてから、話し始めた。

「まず言うておくと、わしは殿にお仕えして、忠節を尽くしておるつもりだが、殿は家中の名門である安納様や伊関様、柴垣様の三家と事を構えておられる。三家を制するために隣家の木暮半五郎を江戸に遣わされたが、すでに三家の手がまわっており、思惑ははずれた。いま、殿は三家に詰め寄られて苦しいところだ。ということは、わしもまた三家に憎まれて窮地に落ちたと言えるのだ」

新太郎は息を吞《の》んだ。

「それゆえ、稲葉様では姉上との縁組を断ってこられたというのですか」

庄兵衛は苦笑いした。

「まあ、おそらくそんなところだろう。わしが殿のお引き立てによって勘定奉行に抜擢されたおりは、わが家に縁談は次々に持ち込まれた。だが、殿と三家の間が怪しくなると、すっかり話が途絶えた。稲葉家はいままで、よう持ちこたえたものだ、とわしは思っている。やむを得ぬところだ」

これで話は終わったというように庄兵衛は膝を叩いた。だが、志桜里は庄兵衛に顔を向けて口を開いた。

「父上、稲葉様から理不尽な仕打ちをされて、そのままにしておかれるつもりでしょうか」

庄兵衛は片方の眉を上げて、訝《いぶか》しそうに志桜里を見た。

「どうせよというのだ。破談は納得がいかぬ、と稲葉家に談じ込んでもこちらが恥をかくだけのことだぞ」

「幸四郎様のお気持ちを確かめてみてはどうかと思うのです」

志桜里は冷静に言った。

幸四郎の名が志桜里の口から出ると里江ははっとして顔を上げた。志桜里は里江にうなずいて見せる。

「幸四郎殿の気持ちだと」

当惑したように庄兵衛はつぶやいた。

志桜里はひたと庄兵衛を見つめて言葉を継いだ。

「幸四郎様はしっかりしたわきまえのある方だと思います。そんな方が家中での争いに巻き込まれるのを恐れて里江との縁組を断るとは思えません。幸四郎様の心中をお聞きすれば、違った道が開けるのではないでしょうか」

「どうであろうか。あてにならぬ話だな」

眉をひそめて庄兵衛は答えた。

「やってみなければ、何事も始まらぬと存じます」

志桜里が言い募ると庄兵衛は腕を組んで、顔をしかめた。

「かと申して、幸四郎殿の真意を誰が聞きにいくのだ。わしが幸四郎殿に会うのは穏当ではないし、女子のそなたが押しかけるわけにもいくまい」

幸四郎の真意を質《ただ》すという話になって、一瞬、顔を輝かせた里江は庄兵衛が応じようとしないとわかると肩を落とした。

志桜里はそんな里江を励《はげ》ますように見遣《みや》ってから、

「木暮様にお頼みいたしたらいかがかと思っております」

と口にした。

「なに、木暮半五郎に頼むというのか。それはいかん。木暮は他人だ。わが家のことに関わらせるわけにはいかん」

とんでもないことだというように庄兵衛は頭を横に振った。

「父上、よくお考えください。此度《こたび》、里江の縁組が破談になりそうなのは、殿様と三家の争いで、父上が窮地に陥《おちい》るかもしれないからなのでございましょう」

諭《さと》すように志桜里は言った。

「まあ、そういうことだな」

「それというのも、木暮様が江戸表に出向いて殿様の命を果たそうとしてかなわなかったからではありませんか。里江の縁談が壊れようとしていることと木暮様は無縁ではございません」

「さように木暮のせいだというわけにはいかん。木暮なりに使命は果たした。ただ、それが殿の思われていたようなことにはならなかったというだけだ」

やや半五郎をかばう口調で庄兵衛が言うと、よしとつるが、

「姉上様の仰せの通りです」

「木暮様がしっかりしておいでしたら、かようなことにならなかったのです」

と言い出した。新太郎も膝を乗り出して、

「父上、ここは木暮様にお話しになってはいかがでしょうか」

と言いながら庄兵衛の顔を見た。しかし、庄兵衛は苦い顔をして、

「そなたらが、何と言おうと、わしから木暮にさようなことは頼めん」

とつっぱねた。それでも志桜里はあきらめない。

「ならば、わたくしから木暮様に内々にお頼みいたしてもよろしゅうございますか」

志桜里が一歩も退かない様で言うと、庄兵衛はようやくあきらめた。

「わかった。そこまで申すなら、そなたから木暮に話してみるがよい」

庄兵衛の言葉を聞いて里江は顔を明るくし、志桜里に向かって、

「姉上、ありがとう存じます」

と目に涙をためて感謝した。

志桜里は微笑《ほほえ》んだ。

「木暮様にお話ししてどうなるかは、まだわかりませんよ。なにしろ、あの方は〈抜かずの半五郎〉ですから、まことに役に立っていただけるかどうか――」

志桜里はいかにも半五郎があてにならないかのように言ったが、その口調には楽しげな響きがあった。

翌朝――

志桜里は隣家の半五郎を訪ねた。

この日、半五郎は非番らしく、客間に通された志桜里の前に着流し姿で現れた。半五郎は、志桜里の来訪を喜んだのか、にこやかな表情で座って、

「志桜里様はいつも前触れもなく来られまするな」

と言った。志桜里は挨拶の後、手短に里江の縁談が壊れそうなことを話し、幸四郎の真意をたしかめてもらえないだろうかと頼んだ。

半五郎は腕を組んで、ううむ、とうなった。やがて志桜里を見据えて、

「稲葉幸四郎殿はまだ、家督は継いでおられぬが、藩校の助教をされておられましたな」

「はい、間もなくお父上が隠居して家督を譲られ、そのおりに里江を娶《めと》られるとのお話でございました」

「なるほど、それだけに跡取り息子の門出を家中の争いに巻き込ませたくない、というのが稲葉家の考えでしょうな」

「さように存じます」

志桜里が答えると、半五郎はまたもや、ううむ、とうなった。そして腕をほどくと、

「さて、難しいですな」

と言ってため息をついた。志桜里は眉をひそめた。

「頼みを聞いてはいただけませんか」

半五郎はあわてて手を振った。

「いや、志桜里様のお頼みですから、それがし、いくらでも引き受けます。難しいと申したのは、その後のことでござるぞ」

「後とはどういうことでしょうか」

訝しげに志桜里は訊《き》いた。半五郎は頭をかきながら答えた。

「幸四郎殿が心変わりして里江殿との縁談を断られたのであればそれまでのことでござる。しかし、もし、幸四郎殿の知らぬところで縁談が壊れようとしているのだとしたら、幸四郎殿は何としても里江殿を妻に迎えたいと腹を決められるかもしれません」

「さようであることをわたくしどもは望んでおります」

志桜里が言うと、半五郎は困ったように膝を叩いた。

「さて、そうなると、稲葉幸四郎殿は澤井様についたと家中では見られます。ということは、三家につかぬということでもあります。つまり、里江殿を娶れば、幸四郎殿は家中の争いの真っただ中に放り込まれることになります」

それでよろしいのでしょうか、と言いたげに半五郎は志桜里を見つめた。志桜里は中庭に目を遣った。

「このことは父には申しませんでしたが、里江との縁談を進めることは幸四郎様を窮地に落とすことになるのはわたくしもわかっております」

「ほう、それでもなお――」

半五郎は志桜里の横顔を見つめる。志桜里は中庭に目を遣ったまま話した。

「わたくしは、やはり情の強い女子なのかもしれません。三家に睨《にら》まれた父上にはいま味方と呼べる方がいないように思えます。幸四郎様が里江と夫婦になられれば父上の味方となってくださるのではないかとも思っております」

「なるほど」

半五郎は重々しくうなずいた。志桜里は半五郎に顔を向けた。

「わたくしの考えをあさましいとお思いでしょうか」

「いえ、決して。武家の縁組は両家があい携《たずさ》えてともに栄えるためのものかと存じます。それだけに、わたくしは妻を娶ろうとは思っていないのですから」

半五郎がなにげなく妻を娶らないと言うのを聞いて、志桜里ははっとした。

「木暮様は奥方をお迎えにならないおつもりなのですか」

半五郎は口をすべらせたことを後悔する顔になった。しかし、志桜里からまじまじと見つめられると口を開いた。

「わたしが深堀村の強訴騒ぎのおりに、百姓をひとり斬ったことはお話しいたしたかと思います。わたしには百姓ひとりの恨みの思いがかかっております。されば、妻を娶ることは妻の実家にまで、わたしが受けている百姓の恨みを及ぼすことになりましょう」

半五郎は淡々と言った。

半五郎が斬ったのは、澤井家の女中であるすみの父親だった。半五郎がすみの父親が妻子に乱暴するのを止めようとして、斬ってしまったのだ、ということを志桜里は知っている。

普段は飄々《ひょうひょう》としている半五郎だが、自らがなしたことを背負い、苦しんだあげくに妻を娶らないと決めたのかもしれない。

(このひとは百姓を斬った自分を決して許さないのだ)

半五郎は温厚で、ひとに対して仮にも居丈高になることはないが、自らを厳しく律して、その生き方を崩そうとしない。

(困ったひとだ)

志桜里は思わずため息をついた。いつの間にか半五郎に親しんで頼りにするようにもなっていたが、ふたりの間には越えられないものがあるのだ、と思った。

志桜里はしばらく考えた後、半五郎を見つめて言った。

「木暮様、先日、わたくしは船曳様をお訪ねして復縁のお話をお断り申し上げようといたしました」

「さようですか」

半五郎は、志桜里が何を言い出すのか、と緊張した表情になった。志桜里は思い切ったように話した。

「ですが、お訪ねしたおりに、船曳様の母上がお目が悪いことを知りました。いずれ光を失われるのではないかと思います」

志桜里が案じるように言うと、半五郎は表情を厳しくした。

「しかし、あなたはすでに船曳家を出られた身だ。かつての姑様ではありましょうが、気になさるべきではありませんぞ」

志桜里は微笑んだ。

「昔のことを背負って生きておられる木暮様のお言葉とも思えません。わたくしも離縁になったとはいえ、一度は母とお呼びした方との縁は浅くはないと思います。その方が求めておられるのであれば、戻るべきではないかと考えております」

「それは――」

半五郎が何か言いかけようとしたが、志桜里は構わずに話を続けた。

「わたくしは父を守るため、稲葉幸四郎様と里江の縁組をまとめたいと望んでいるのです。それならば、わたくしが船曳家に戻ることも栄之進様を父の味方にすることになるのではないでしょうか。澤井家の女子としてなすべきことなのかもしれません」

半五郎様が妻を娶らぬと決めているのなら、この先、どこまで行ってもふたりの道がまじわることはないのだから、と志桜里は胸の中でつぶやきながら、また、中庭に目を遣った。

半五郎もまた、呆然《ぼうぜん》として中庭を眺めた。

十一

この日、庄兵衛は藩主頼近に召し出されて黒書院に入った。

頼近は小姓相手に何事か話していたが、庄兵衛が入ってきたのを見ると、

——近う
と声をかけ、小姓たちを出ていかせた。

庄兵衛は膝行《しっこう》して頼近の近くに寄った。頼近は疲れた様子で、元気がなかった。庄兵衛が、

「三家はなかなか手厳しゅうございまするか」

と訊くと、頼近は苦笑いした。

「江戸家老の安納源左衛門は分厚い建白書を送ってきた。読むまいかとも思うたが、返事をい

たさねば後がうるさかろうと思って目を通した。いや、もう、凄《すさ》まじい罵詈雑言《ばりぞうごん》だったぞ」

「さようでございましょうな」

庄兵衛は頼近に同情する目を向けた。

「わしが実家に窮状を訴えたのを藩主にあるまじき所業だと罵《のの し》っておった。読みながら手が震えたぞ。この建白書に返事をいたさねばならぬかと頭を痛めていると、今度は筆頭国家老、伊関武太夫と次席国家老の柴垣四郎右衛門がそろってやってきて、七日の間、ぎゅうぎゅう絞られた。これはたまらん」

「それはまた、難儀でございますな」

「奴らはわしの弱みを握ったつもりでおるから、この際、わしを押し込めて隠居に追い込む腹だったのであろう。だが、わしも踏ん張った。何と言われても、のらりくらりとかわして、彼奴《きゃっ》らに止《とど》めをささせなかった」

頼近は少し得意げに言った。庄兵衛はほっとして、

「それはようございました。さすがに殿は名君の器でございます」

とおだてるように言った。頼近は苦笑した。

「まあ、それほどでもないがな。ただし、彼奴ら攻め切れぬと見て、妙なことを言いだしおった」

「どのようなことでございましょうか」

庄兵衛は首をかしげた。頼近を追い詰めた三家がさらに何を言いだすのか、見当もつかなかった。

「彼奴らが申すには、わしが三家を疎《うと》んじるのは、これから先、安納と伊関家、それに柴垣家が役に立たぬと思うからであろうから、それぞれの家の嫡男を見てもらいたい。さすれば、三家が御家に欠かせぬことがわかってもらえるであろうとな」

皮肉な笑みを浮かべて頼近は言った。

「それは、また奇妙な申し出でございますな。三家の嫡男を拝謁《はいえつ》させよということでございますか」

庄兵衛が首をひねって訊くと、頼近は鼻先で嗤《わら》った。

「そうだが、ただの拝謁では面白くない。三家の嫡男にそれぞれ相手を選んでわしが見ておる前で剣術の試合をさせようというのだ。ついては、三家と戦う藩士はわしが決めよと申す」

「それはまた、思い切ったことを申して参りましたな」

庄兵衛は顔をしかめた。

三家のうち、安納源左衛門には新右衛門《しんえもん》、伊関武太夫には弥一郎《やいちろう》、柴垣四郎右衛門には小太郎《こたろう》という嫡男がいるはずだ。安納新右衛門は二十歳、伊関弥一郎は十八歳、柴垣小太郎は十六歳のはずだ。

頼近はうんざりした顔で言った。

「先ほど、小姓たちに聞いたところ、三人とも文武に秀でていると評判らしい。三家としてはわしに跡継ぎを見せつけ、三家の勢威がこれからも落ちぬと知らしめようというのだろう。何しろ、三家を相手にまともに試合をしてわざわざ憎まれようとする者はおるまいからな」

「たしかにさようでございましょう」

眉をひそめて庄兵衛はうなずいた。

「わしが選んだ試合相手に三家の嫡男がことごとく勝てば、藩主としてのわしは虚仮《こけ》にされたも同然だ。家中の者はもはや誰もわしの命に服すまい」

「さて――」

そこまでのことはないのでは、と庄兵衛は言いかけたが、言葉に詰まった。頼近の言う通り、御前試合で三家の嫡男が勝利すれば、もはや正面切って逆らうものなどいなくなるだろう。頼近はじっと庄兵衛を見据えた。

「そこでどうするかを考えた」

「いかようになさいまするか」

庄兵衛は片手をついて、頼近の言葉を待った。

「三家の嫡男の試合相手のうち、ひとりは木暮半五郎だ。これにはそなたも異存はあるまい」

たしかにいまの家中で三家を恐れず、試合ができるのは半五郎ぐらいだろう。

「いかにも仰せのごとくでございます」

頼近はうなずいてから舌で唇を湿して、

「もうひとりはそなたの息子の新太郎だ」

と告げた。

「新太郎はまだ元服したばかりの十六歳でございまするが」

目を丸くして庄兵衛が言うと、頼近はからりと笑った。

「だからよいのだ。柴垣小太郎と同年であろう。まだ、十六歳であるがゆえに、いずれが勝とうとたがいに傷にはなるまい。おそらく半五郎は勝つであろうから、もうひとり腕の立つ者を出せば、わしの勝ちとなる」

「ですが、そのような者がおりましょうか」

「そこでだ。船曳栄之進はどうだ。あの男は学問に優れておるが、剣術もそこそこの腕前だと聞いたぞ」

目を光らせて頼近は言った。庄兵衛はとても無理だというように頭《かぶり》を振った。

「いや、船曳殿はそれがしの娘を離縁されました。たとえ剣術の腕が立とうともわが方につく謂《いわ》れがございません」

頼近はにやりと笑った。

「船曳はそなたの娘との復縁を望んでおったではないか」

「あれは、柴垣様のご息女との縁談を進めるための手ではありますまいか」

庄兵衛は苦い顔をした。

表立っては見せないものの、娘の志桜里を離縁しながら、復縁したいなどとぬけぬけと言ってきた栄之進への腹立ちが庄兵衛の胸の裡にあった。

「船曳はそなたと三家の間で揺れ動いているのだ。しかし、どうやら柴垣には娘を船曳に嫁がせるつもりはないようだ」

「まことでございますか」

庄兵衛は意外なことを聞いたという顔をした。

「何でも安納新右衛門に琴という柴垣の娘を嫁がせる話が内々で決まったそうだ。察するところ、船曳は覚悟が定まらぬゆえ、三家から嫌われたのであろう」

頼近は辛辣《しんらつ》な言い方をした。

「さようでございますか。自業自得かもしれませんな」

不満げに庄兵衛がもらすと、頼近は身を乗り出した。

「とは申せ、あの男はそれなりに役には立つぞ。この際、娘を復縁させて、船曳をそなたにつかせろ。そして三家との試合に出させるのだ」

半ば命じるように言われて、庄兵衛はやむなく、仰せ承《うけたまわ》ってございます、と頭を下げた。

しかし、腹の内ではたとえ、志桜里と復縁させても、栄之進が三家との戦いの矢面に立つことはないだろう、と思っていた。

翌日――

半五郎は登城して勘定方で文書を見ていたが、昼時になって御用部屋を出ると城内にある藩校の有備館に行った。

有備館は学問所と剣術道場を備えた別棟になっている。半五郎が学問所に行くと、机が置かれた畳《たたみ》敷きの広間で教授と助教たちが弁当を使っていた。

半五郎は入口で片膝ついて、

「稲葉幸四郎殿はおられますか。それがし、勘定方の木暮半五郎でござる。いささかお話ししたいことがござる」

と声をかけた。すると、弁当を使っていた者たちの中から若い男が顔を向けて、気軽に返事をした。

「稲葉はそれがしでございます」

いかにも秀才であろうと思われる細面《ほそおもて》のととのった顔立ちだった。半五郎は頭を軽く下げて、

「しばし、話をいたしたいがよろしゅうござるか」

と訊くと、幸四郎はにこりとしてうなずいた。幸四郎は弁当をしまうと、立ち上がり、入口まで来て、

「ここでは話もしにくいですから。隣の道場に参りましょう。昼時で誰も稽古はしておりませぬから」

と言った。半五郎はうなずいて、幸四郎の後についていった。剣術道場は学問所と隣り合わせになっている。

黒光りする板敷の道場に入った幸四郎は、こちらで話しましょう、と言いつつ師範代席に座った。その自然な動作を見て、半五郎は、

「稲葉殿は学問所の助教と聞きましたが、剣術の指南もされておられますか」

と訊いた。幸四郎は微笑した。

「書物の講義ばかりしていると体がなまりますので、時折り師範代の手伝いをいたしております」

さようか、とうなずいた半五郎はしばらく考えてから口を開いた。

「話の前に一本、お手合わせを願えまいか」

澤井家の里江との縁談の話をする前に、せっかく会ったのだから幸四郎という男を見定めておこうと思った。

幸四郎は一瞬、戸惑いの表情を浮かべたが、すぐに思い直したように、

「喜んでお相手いたします。それがしも〈抜かずの半五郎〉と呼ばれる木暮様と一度、立ち合ってみたいと思っておりました」

すっと立ち上がると幸四郎は板壁の木刀掛けから二本の木刀を手にして戻って来て、一本を半五郎に渡した。

そして、すたすたと道場の中央に進んだ幸四郎は半五郎を待ち構える。

半五郎は木刀を手にゆっくりと道場の真ん中に行った。木刀を手にしたときから、幸四郎の体から気が発せられているのを感じ取っていた。

頭を下げ一礼してから幸四郎は正眼に構えた。半五郎は右足を前にして半身になり、木刀は下段に構えた。

幸四郎がどのように打ち込んでくるのかを見ようと思っていた。幸四郎は目を細めて半五郎の構えを見ると、すべるように横に動いた。

合わせて半五郎も動く。

幸四郎の足の動きは止まらず、半五郎のまわりをするすると円を描くように動き、元の位置に戻った瞬間、木刀を上段に振り上げ、だん、と床板を蹴《け》って打ち込んできた。

打ち込みをかわしつつ、半五郎はすくい上げるように木刀を振るった。しかし、木刀は、がっと音を立てて幸四郎の木刀に弾《はじ》かれた。

幸四郎は踏み込んで打ちかかってくる。

半五郎は跳躍して幸四郎の木刀をかわすと、猛然と突いて出た。幸四郎は木刀を擦り上げて突きをかわしつつ、肩から体当たりをしかけてきた。

とっさに半五郎は幸四郎の腕をつかみ、腰を入れて投げ飛ばした。幸四郎は投げられたものの、宙でくるりと一回転して道場に立った。

その時には半五郎は幸四郎ののど元に木刀を突きつけていた。

「参りました」

幸四郎はにこやかな笑みを浮かべ、あっさりと負けを認めた。半五郎は木刀を引いて間合いをとり、一礼した。

幸四郎も頭を下げてから、

「なるほど、〈抜かずの半五郎〉の仇名は伊達《だて》ではございませんな。木暮殿が刀を抜けば立ち向かうのは容易ではなさそうです」

「なんの、道場での立ち合いと真剣をとっての勝負はまた、別のことでござろう。稲葉殿の剣気はまことに恐るべしと思いました」

あっさりと言った半五郎は師範代席の傍らに座った。幸四郎が前に座るのを待って、稲葉家では澤井家の里江との縁組を破談にしようとされているようだが、幸四郎殿の真意をうかがいたいと訊いた。

幸四郎は目を瞠《みは》った。

「里江殿との縁組を破談にするなど、わたしは存じません」

驚いた表情の幸四郎に半五郎はうなずいて見せた。

「ははあ、やはりさようでござったか。おそらく父上が澤井様と縁組することを不安に思われて、幸四郎殿に告げぬままに破談を申し入れられたのでござろう」

「なぜ、父がさようなことをしたのでしょうか」

幸四郎は眉をひそめた。

「ただいまの家中は殿と三家の間での諍《いさか》いが続いております。ご存じのように勘定奉行の澤井様は殿の股肱《ここう》の臣でございますから、三家に憎まれています。父上は幸四郎殿と澤井様の娘御を妻合《めあ》わせることで、三家から目の敵《かたき》にされるのを避けるため破談にしようと思われたのでござろう」

「なるほど、さようなことですか」

得心がいったように幸四郎は頭を大きく縦に振った。半五郎は穏やかな口調で話を継いだ。

「それがしは、幸四郎殿の真意をたしかめて欲しいと澤井家の志桜里殿に頼まれて、かようにうかがっております。ただし、父上が幸四郎殿を家中の争いに巻き込まれぬようにしたいと考えられたのは無理からぬことと存ずる。幸四郎殿が縁談を無かったことにしたいと思われてもいたしかたのないことだ、と思っております」

何も無理をすることはない、と言わんばかりの半五郎の言葉に幸四郎は微笑して、頭を下げてから口を開いた。

「お心遣いありがたく存じます。されど、それがし、里江殿を妻に迎えたいとすでに心に決めてございます。父の慮《おもんぱか》りはありがたいことにはございますが、もはや、心に決めたことを変えようとは思いません」

幸四郎は淡々と言ってのけた。半五郎はじっと幸四郎を見据えた。

「さように申されるが、よく考えたほうがよろしくはござらぬか。いま、幸四郎殿が澤井様の娘を娶れば、稲葉家が三家の敵となるのでござるぞ」

「それがしには弟がおります。もし、三家との間が難しくなれば家督は弟に譲りましょう。さすれば、里江殿を妻にしてもかまいますまい。もっとも、家督を継がず、藩校の助教というだけのそれがしのもとに里江殿が来てくださるかどうかはわかりませんが」

幸四郎は、はは、と笑った。

「それほどまでに里江殿のことを思われてか」

半五郎が感心したように言うと、幸四郎は首をかしげた。

「さて、里江殿をどのように思っているのか、自分ではわかりません。ただ、それがし、思いは一筋でありたいと思っております。いくつもの生き方を考えるのは、性に合いません」

なるほど、と膝を手で叩いた半五郎は、これほど里江の夫としてふさわしい男はほかにいないだろう、と思った。

幸四郎のような一筋の思いを自分はどこで見失ったのだろうか。いや、見失ってはいないかもしれない。

そう考える半五郎の脳裏には志桜里の面影が浮かんでいた。

十二

同じころ志桜里は、庭に出て辛夷《こぶし》を見つめていた。花はつけていないが、先端をそろえるように空に伸びた辛夷の枝の形には味わいがある。

懸命に枝を伸ばす様は、常に何事かに努めているひとの姿のように思えて志桜里は好きだった。

佇《たたず》みながら志桜里が考えているのは、昨夜、父から伝えられた話だ。

庄兵衛は、よいか、これは、そうせよ、と申しておるわけではないぞ、と念を押したうえで、藩主頼近が三家の嫡男たちが御前試合をするにあたっての試合相手に船曳栄之進を出すようにと言っていると告げた。

「船曳様をでございますか？」

志桜里は息を呑んだ。

三家の嫡男の御前試合は藩主に対して、三家の力を見せつけるために行われるようだが、そこになぜ、栄之進を出させようとするのだろう。

「殿は三家と誰を試合させるかに頭を悩ませておられる。わが家の新太郎と木暮半五郎の名前をあげたうえで、最後のひとりに船曳はどうか、という思《おぼ》し召《め》しだ」

「されど、船曳様とわが家はいまでは絶縁いたしております。それなのに、殿様はなぜ、さようなことを仰せになるのでしょうか」

志桜里は困惑して問うた。庄兵衛は苦い顔をして答える。

「船曳がそなたとの復縁話を持ち掛けたことを殿はご存じなのだ。おそらく船曳は三家に袖にされて行き場を失っておるから、そなたがあの家に戻れば、船曳はこちらにつくだろうと殿は読まれているのだ」

庄兵衛は、志桜里に頼近から言われたことを告げた後、しかし、これは無理な話だとわしは思っている、と話を打ち切った。

志桜里は庄兵衛から言われたことをひと晩考えた。

まず思ったのは、たとえ、復縁しても栄之進が三家を敵にする御前試合に出ることを承知はしないだろう、ということだった。

夫婦となって暮らした日々の間に、栄之進の情の薄さを志桜里は知ってきた。自らの得にならないことに栄之進が身を擲《なげう》つとはとても思えなかった。

だが、もし、栄之進が御前試合に出てくれるのであれば、復縁してもいいのではないだろうか。

里江の縁談のことで半五郎に、父を守るために稲葉幸四郎との縁組をまとめたいのだ、と言ったことが胸に残っていた。

里江にそれを求めるならば、姉である自分がまず行うべきだと思った。

庭に出て辛夷を見つめていると、その思いがさらに強まってきた。栄之進が父の味方になってくれるかどうかはわからないが、自分が船曳家に戻れば、嫌でも三家から目の敵にされる。栄之進にしても戦わないわけにはいかないのではないか。さらに目を悪くした姑の鈴代に仕えることは、自分の道なのかもしれない。そうであるならば、何も思い悩むことはないのだ、と思えた。しかし、自分の心には何かが蟠《わだかま》っている。それが何なのか、辛夷を見つめながら志桜里は考えた。

本当は考えるまでもないことだと志桜里にはわかっていた。隣家の半五郎は妻を迎えるつもりはない、とはっきり言っていた。自分に許されているのは船曳家に戻ることだけなのかもしれない、と思いつつ、志桜里は辛夷を見つめた。

ため息をついた志桜里が家の中に戻ろうとしたとき、屋敷の裏門のそばに新太郎と女中のすみが立ってひそひそと話しているのが庭木の間から垣間見えた。

何をしているのだろうと思った志桜里が裏門に近づくと、足音に気づいた新太郎が振り向いた。

新太郎のそばにいたすみもはっとした様子で志桜里を見つめた。志桜里が近づいて、

「何かあったのですか」

と声をかけると、すみは、あわてた様子で申し訳ございません、と頭を下げてから台所に小走りで向かった。

志桜里は訝しく思いながら、すみの背中を見送った後、新太郎に顔を向けた。

「すみと何を話していたのですか」

新太郎は顔を赤くして小さな声で答えた。

「昨夜、父上から御前試合に出ることになったと言われましたので、そのことを話していました」

「女中のすみに御前試合のことを話したのですか」

志桜里は目を瞠った。

城中で行われることを女中に話すなどもってのほかだった。

「すみは日ごろからわたしのことをいろいろ案じてくれますので」

新太郎は少し気負った物言いをした。すみと話していたことを志桜里から咎《とが》められたと思ったようだ。

志桜里はあらためて新太郎を見つめた。

少年らしい凜々《りり》しい顔立ちの新太郎と百姓の娘ながらととのった顔立ちで、気性も素直なすみは同じ年だけに、日ごろから仲がよいのはわかっていた。

だが、ふたりだけで話をするようになっていたとは知らなかった。

「新太郎殿、あなたはこの家の嫡男です。いずれ家督を継ぎ、妻も家中のしかるべき家から迎えねばなりません。それが、あなたの歩まねばならない道なのです。すみと親しむのはお控《ひか》えなさい」

志桜里が厳しい口調で言うと、新太郎はうつむいたが、しばらくして顔を上げた。

「姉上はさように申されますが、歩むべき道だと思われたはずの船曳家を出られたではありませんか」

「わたくしが不縁となったことと、あなたとすみのことに関わりがあるのですか」

志桜里は戸惑いながら問うた。

新太郎は大きく息を吸い込んでから答えた。

「はい、ひとは自らの心に従い、行くべき道を切り開かねばならないのではないでしょうか。定められた道がまことの道だとは限らないとわたしは思います」

志桜里は、この間まで幼かった弟がいつの間にこんなにしっかりしたことを言うようになったのだろう、と驚いた。しかし、それだけにゆるがせにできないことだと思って、新太郎を見据えた。

「新太郎殿は、すみを妻にしたいと思っておられるのですか」

新太郎は真っ赤になった。

「いいえ、さようなことは、ただ――」

「ただ、何なのです」

志桜里に問い詰められて、新太郎は思い切ったように声を高くした。

「わたしは此度の御前試合で勝ちます」

御前試合で勝つことがすみと関わりがあるのか、と訊こうかと思ったが、この時、志桜里は先ほど、新太郎がすみに何を話していたのかがわかった。

おそらく新太郎はすみを呼び出して、御前試合に出ることになったと晴れがましい思いで言ったのだ。

そして、すみから励まされたかったのではないか。

「新太郎殿――」

志桜里が困った顔をすると、新太郎はなおも言い募った。

「わたしは御前試合で勝ちます。それが父上をお助けすることになると思います。そしてわたしが試合で勝ったなら、父上にお許しいただきたいことがあるのです」

すみを妻に迎えたいと言いだすのだろうか、と案じながらも、志桜里はそのことが訊けなかった。

新太郎は頭を下げると、家に向かって走った。その様を見ながら、志桜里はふと、すみを羨《うらや》ましいと思った。

新太郎はすみのために御前試合で勝ちたいと望んでいるに違いない。しかし、自分のために戦ってくれるひとはいるのだろうか。

考えながら家に向かって歩いた志桜里は、途中で立ち止まると、ふたたび辛夷に目を遣って立ち尽くすのだった。

半五郎が頼近の黒書院に召し出されたのは、下城の時刻が迫ったころだった。何事であろう、半五郎が赴くと、黒書院には庄兵衛もいた。

半五郎が敷居をまたいで平伏すると、庄兵衛が、

「そこは遠い。御前に参れ」

と声をかけた。

半五郎が膝行して近づくのを頼近はじっと見つめている。半五郎は頼近のそば近くに来てから手をつかえ、頭を下げた。

庄兵衛は頼近をうかがい見てから、半五郎に顔を向けて口を開いた。

「殿の思し召しを伝える。近々、江戸家老安納源左衛門殿の嫡男新右衛門殿と筆頭国家老伊関武太夫殿の嫡男弥一郎殿、さらに次席国家老、柴垣四郎右衛門殿の嫡男小太郎殿が御前にて武技をお見せする御前試合が行われる。その試合での相手をそなたに命じる」

半五郎は頭を上げて問うた。

「試合相手はそれがしひとりにございまするか」

「いや、わしの長男である新太郎も試合に出ることになった。されど、あとひとりはいまだ決まっておらぬ」

庄兵衛が言うと、頼近は、はは、と笑った。

「わしは、澤井の長女を船曳栄之進のもとに復縁させたうえで、船曳を試合に出せばよい、と申しておるのだが、澤井めはなかなか承知せぬのだ」

庄兵衛は顔をしかめた。

「そのこと娘には話しましてございます。目下、思案中でございまするが、なかなか難しいことかと思うております」

頼近は平然として言った。

「父を守るために復縁いたすのは、まことに孝女の亀鑑と申す行いではないか。そなたの娘はなかなかのしっかり者だと聞いておる。たとえ、意に染まぬ復縁であっても、父のためとあらば否とは申すまい」

庄兵衛が当惑して押し黙るのを見て、半五郎は身を起こして、

「おそれながら、申し上げてよろしゅうございましょうか」

と声を発した。頼近はじろりと半五郎を見た。

「なんだ。申すことがあるなら、申してみよ」

「されば、申し上げます。三家の嫡男との試合相手は船曳殿でなければならぬのでございますか」

ひややかな顔つきで頼近は答える。

「ほかに誰がおると言うのだ。家中の者たちは皆、三家を恐れておるではないか。おいそれと三家の嫡男と戦う者はおるまい」

「さようではございますが、一度、不縁となられた船曳殿を引っ張り出すのはいささか酷であろうと存じます」

「ならば、そなたにはほかに心当たりの者がおるのか」

いや、それは、と半五郎は困惑した表情になった。稲葉幸四郎のことがすぐに頭に浮かんだが、家中の抗争に巻き込むことは気が引けた。

「ほかに心当たりがなければやむを得まい」

頼近があっさりと言ってのけると、半五郎は思い切ったように庄兵衛に顔を向けた。

「いや、それがしには心当たりがあり申す」

半五郎がきっぱり言うと、庄兵衛が鋭い目を向けてきた。

「誰が、三家と戦うというのだ」

「身近に過ぎてお気づきになられないのでございましょう。次女の里江様と縁談が進んでおられる稲葉幸四郎殿こそ三家との試合相手にふさわしいかと存ずる」

「馬鹿な、稲葉家からはすでに破談にして欲しいと言われておるのだぞ」

庄兵衛は嫌な顔をして吐き捨てるように言った。

「いえ、そのことなら、それがしが先ほど、稲葉幸四郎殿にたしかめました。幸四郎殿は破談の話はご存じではありませんでした。しかも、里江殿を妻に迎える気持ちはまったく変わっていないとのことでございました」

半五郎はためらいながらも話した。

「信じられぬな」

庄兵衛は口をへの字に結んだ。

「信じていただきとうござる。その上で申し上げますが、それがし、幸い、幸四郎殿と藩校の道場にて立ち合い、腕前のほどをたしかめてござる」

幸四郎の腕を確かめたと半五郎が言うと頼近は興味を抱いたらしく身を乗り出した。

「ほう、それで、どれほどの腕前であった」

「さよう、かなりに使います。おそらく三家の嫡男と立ち合って引けを取ることはございますまい」

半五郎が断言すると、頼近と庄兵衛は顔を見合わせた。

頼近は面白げに、

「なるほど、船曳栄之進と稲葉幸四郎のいずれが三家との試合に出るかで、そなたの娘と復縁するか、または婚儀をととのえるかを決めるというのも面白いな」

と応じた。

庄兵衛は迷惑気な顔をしながらも、あえて拒む言葉は発しない。半五郎は手をつかえて言葉を添えた。

「それがしは稲葉幸四郎殿こそ、ふさわしいと存じます」

頼近は不思議そうに半五郎を見つめた。

「そなた、なぜ、そのように稲葉幸四郎を贔屓《ひいき》にいたすのだ。それとも船曳栄之進と澤井の娘を復縁させたくないわけでもあるのか」

半五郎は身を起こして膝に手を置き、滅相もございません、と言って目を伏せた。

十三

志桜里は船曳家を訪ねた。

日差しが暖かい昼下がりだった。

この日、栄之進が非番で屋敷にいることは確かめていた。

三家の嫡男が御前試合を行う日は十日後になった。これまで試合相手として弟の新太郎と木暮半五郎がすでに決まっていた。

藩主頼近は船曳栄之進を三人目と考えている、と父から聞かされていた。頼近は栄之進を志桜里と復縁させて、三家と戦う味方につけようと考えているようだ。

それならば栄之進の心を直に確かめたほうがよい、と思った。そう決意したのは、半五郎が三人目として稲葉幸四郎を推挙したと聞いたからだった。

(半五郎殿はよけいなことを言われる)

志桜里には腹立たしい思いがあった。幸四郎の剣術の腕前は御前試合に出るのにふさわしいかもしれないし、幸四郎自身は里江との破談を望んでいなかったようだから、澤井家のために力を貸してくれるかもしれない。

だが、それでは申し訳ないことになる、と志桜里は思った。三家の嫡男との御前試合に出るということは、今後、三家を敵にまわすということだ。

幸四郎には里江への思いがいまもあると知ってしまえば、里江のためにも幸四郎をそのような窮地に陥《おとし》いれることはできない。まして幸四郎の両親は三家との争いに巻き込まれるのを恐れて里江との縁談を断ろうとしたのだから、幸四郎が三家を敵にまわせば、澤井家を恨《うら》み、里江を嫁に迎えようとはしないだろう。

そうさせてはならない。そのためには栄之進を説得して御前試合に出てもらうしかない、と志桜里は考えた。

船曳家に向かう道すがら、志桜里は、

(半五郎殿、あなたが悪いのですよ)

と何度か胸の中でつぶやいた。

半五郎が幸四郎を推挙したのは、栄之進が志桜里と復縁して御前試合に出ることがないようにしたい、と思ったからではないだろうか。

もし、そうであるなら、なおのこと、自分は栄之進が御前試合に出るようにしなければならない。それが里江のためであり、姉としての務めだ、と志桜里は考えていた。

船曳家の門をくぐったとき、志桜里は胸の中にひやりとするものを感じた。

もう、後戻りはできない、と思った。

玄関先に立ち、訪《おとな》いを告げると、すぐに若い女中が出てきて、招じ入れてくれた。奥へ案内しながら、若い女中は、こっそり、

「志桜里様がお訪ねくださるのを大奥様は心待ちにしておられました」

と言った。志桜里は声をひそめて訊《き》いた。

「母上様のお目の具合はどうですか」

若い女中ははっとしたが、すぐにゆっくりと頭《かぶり》を横に振った。志桜里はため息をつきつつ、奥座敷に入った。

鈴代はおらず、栄之進だけが座っていた。志桜里が前に座ると、栄之進は、

「ふたりだけで話したいと思ったのでな。母上には遠慮していただいた」

志桜里はうなずいた。

「わかりましてございます。母上様には後でお見舞いにうかがわせていただきます」

志桜里が頭を下げて言うと、栄之進は片方の眉をあげて訝《いぶか》しげに言った。

「見舞うというのは、どういうことだ。母は病んではおらんぞ」

鈴代の目が悪いということに栄之進は気づいていないようだ、と思った志桜里はもう一度、頭を下げたが、何も言わなかった。胸の中で、このひとは昔のままだ、と思った。

つめたいわけではないのだが、ひとのことに関心が薄く、気遣いということをしないのだ。

栄之進はわずかに戸惑《とまど》いの色を見せながらも口を開いた。

「三家の嫡男との御前試合の件は殿よりうかごうた。そなたと復縁いたして御前試合に出よというのが殿の思《おぼ》し召《め》しだ。そのことを訊きに参ったのであろうゆえ、まずはっきりさせておこう」

栄之進は口をつぐんで、まじまじと志桜里を見つめて、

「わたしは御前試合に出るぞ」

と言い切った。志桜里は思わず、目を閉じた。ああ、これで栄之進との復縁は避けられなくなった。

鈴代のために何かができるのは、嬉しいことだったが、栄之進の妻として生きていくことにはためらいがあるのだ、とあらためて思い知った。

栄之進はそんな志桜里の気持ちには気づかぬ様子で、

「これで、そなたと復縁できるのだな」

と念を押すように言った。志桜里はすぐには答えず、

「柴垣様の三女であられる琴様とのご縁談があると聞いておりましたが、いかがなられたのでございましょうか」

と訊いた。

栄之進は、ああ、あのことか、と口の中でつぶやいた後で答えた。

「琴殿は安納源左衛門様の嫡男新右衛門殿との間に縁談がととのったそうだ。おそらく、間もなく祝言《しゅうげん》をあげられるのではないか。そなたは気になるかもしれんが、案じるにはおよばぬぞ」

あたかも志桜里が嫉妬《しっと》して訊いているかのような答え方だった。志桜里は興ざめする思いを抱きながらも、それは、ようございました、と言った。

栄之進は大きくうなずいた。

「うむ、御前試合に出れば新右衛門殿と立ち合うことになるかもしれぬ。奇妙な縁だな」

志桜里は眉をひそめた。

「されど、御前試合に出れば三家を敵にまわすことになりましょう。あなた様はそれでよろしいのでございますか」

栄之進は志桜里を見つめてため息をついた。

「正直に言おう。わたしは三家をしくじったのだ。このままでいては、家中で相手にされなくなる。それゆえ、そなたと復縁し、御前試合に出て澤井様と運命をともにしようと思ったのだ。わたしにはほかに道はないのだ」

あからさまに、おのれの利害を話す栄之進に志桜里は嫌な思いはしなかった。以前の栄之進であれば、もっと自分を弁明し飾りたてただろう。

だが、いまの栄之進は素直に話している。離縁されてから、志桜里はいろいろ思うところがあったが、栄之進もまたそうなのだろう。

だとすると、やはり夫婦の絆《きずな》があったということなのだろうか。志桜里がそんなことを考えていると、栄之進は言葉を継いだ。

「それに、わたしは木暮半五郎という男が気に食わぬ」

「木暮様のことがでございますか」

志桜里は目を見開いて訊いた。

「そうだ。あの男は〈抜かずの半五郎〉などと呼ばれておるが、わたしの目から見れば、目立ちたいだけの軽薄な男だ。しかも妙に、そなたをかばい立てする」

栄之進は不快げに言った。

「木暮様は、お隣でございますから」

志桜里がさりげなく言うと、栄之進は憤然とした。

「隣屋敷だからとはいえ、澤井家のことに首を突っ込むとはどういうことだ。此度《こたび》の御前試合にあの男も出るそうだが、なんと、わたしではなく、稲葉幸四郎を出すよう殿に進言したというではないか。そなたと復縁するわたしを差し置いて無礼千万ではないか」

栄之進の半五郎への反発にはただならぬものがあると知って志桜里は困惑した。あるいは、栄之進は半五郎への競争心から御前試合に出ることを決めたのかもしれない。

これ以上、半五郎をかばえば、栄之進の怒りの火に油を注ぐことになる、と思った志桜里は、素っ気なく、

「木暮様は変わり者でございます」

とだけ言った。栄之進は大きくうなずく。

「そうだな。あ奴は、いまのところ、殿の思し召しがめでたいようだが、あのように変わり者ゆえ、いずれしくじるに違いない。そなたはこの屋敷に戻ったならば、あ奴と縁を切れ――」

栄之進の縁を切れという、強い口調に志桜里は驚いた。半五郎とは隣屋敷の誼《よしみ》で親しい気持ちを抱いてきたし、口には出せぬ思いもあるが、縁と言われるほどのことがあったわけではない。

志桜里は馬鹿馬鹿しくなって、頭を下げ、仰《おお》せに従います、とだけ言った。復縁したならば、他家の男と親しくしないのは当然のことだろう。そう思いつつも、これから半五郎と話すことはできなくなるのか、と思うと胸の奥に刺すような痛みがあった。

この痛みが、半五郎との縁というものなのかもしれない、と思いつつ、志桜里は、

「母上様にご挨拶《あいさつ》いたして参ります」

と告げた。

栄之進は胸をそらして、うむ、とうなずいた。すでに復縁して夫に戻ったというつもりのようだ。

そんな栄之進を笑止に思いつつ、志桜里は客間を出て、奥に向かった。鈴代の部屋の前の縁側で跪《ひざまず》いて、

「母上様、志桜里でございます。ご挨拶をさせていただきとうございますが、よろしゅうございますか」

志桜里が声をかけると、部屋の中から、

「お入りなさい」

と嬉しそうな声がした。志桜里は障子を開けて中に入る。鈴代は茶を飲んでいたらしく膝元に茶碗が置かれていた。

志桜里が部屋に入ると、鈴代は何気なく茶碗に手をのばしてとろうとしたが、目が霞《かす》んで手元が定かでないのか、茶碗をとり落とした。

志桜里はさっと、そばにより、茶碗をとると、畳にこぼれた茶を懐紙でふいた。

「新しいお茶を持ってくるよう、女中に申し付けましょう」

やわらかな言葉つきで志桜里が言うと、鈴代は微笑《ほほえ》んで手を振った。

「いえ、もうお茶はよろしいのです。それより、あなたと話がしたいのです」

鈴代は、まだぼんやりと物の形はわかるらしく、志桜里に顔を向けた。そんな鈴代の様子が痛ましく、志桜里は胸がつまる思いがした。

「栄之進は御前試合に出ると言いましたか」

気がかりな様子で鈴代は訊いた。

「はい、出てくださるとうかがいました」

「それでは、あなたは復縁してくれるのですね」

「ふつつかではございますが、船曳家に戻らせていただくことになると存じます」

志桜里がきっぱりと言うと、鈴代は涙ぐみ、袖を目にあてた。そして、笑顔になると、

「年寄りは涙もろくなっていけません。ですが、あなたが戻ってくださるのは、本当にうれしいのです」

「わたくしも母上様にお仕《つか》えできるのは嬉しく思います」

志桜里が心を込めて言うと、鈴代は何度もうなずいてから、たしかめるように訊いた。

「栄之進はあなたにそばにいて欲しいと申しましたか」

栄之進がそんなことを言うはずはないのに、と思った志桜里は首をかしげて答えた。

「いえ、三家との間柄がうまくいかず、わたくしと復縁するしか道はないのだ、と言われました」

鈴代はがっかりした表情になった。

「そうなのですか。栄之進が復縁を望んだのは、まことは、あなたにそばにいてもらいたいからなのです。それなのに、いまだに口にできないのですね」

鈴代はしみじみと話した。栄之進はそれほどまでに自分を思ってくれているのだろうか。いましがたまで話していた栄之進の顔を志桜里は思い浮かべた。

栄之進の胸にあるのは、半五郎への競争心だけのように思えた。それが自分への思いゆえだと言えば、そうかもしれない。

だが、それは言うならば、子供が捨てた玩具を他の子供が拾おうとしているのを見て、急に取り戻したくなったのと似た気持ちではないのか。

そこまで考えて、志桜里ははっとした。

船曳家に戻って目が不自由になろうとしている鈴代に仕えることは望んでいるが、栄之進を再び夫とすることを自分は望んでいないのだ。

だが、栄之進が御前試合に出ると言ったからには、復縁話は決まったも同然だ。これからは女人としての自分の心を押し殺して生きねばならない。

志桜里は目を閉じ、かすかにため息をついた。

十四

船曳家を訪ねた日の翌朝、志桜里は庭に出た。会いたいと思っていたわけではないが、やはり、半五郎は着流し姿で中庭に出てくると、背をそらして大きく伸びをした。いかにも、たったいま、起き出して庭に出てきたところだ、と言わんばかりだ。

志桜里は頭を下げたが何も言葉は発しない。

黙って半五郎を見つめた。

半五郎はやや、うろたえた様子で、おはようござる、と言って頭を下げた。何か言いたそうに志桜里を見たが、うまく言葉が出てこないようだ。

志桜里が何気なく声をかける。

「御前試合では新太郎がお世話になるかと存じますが、よろしくお願いいたします」

半五郎は戸惑った表情になって、ああ、それは、とだけ言った。

相変わらず、はっきりしないひとだ、と思いながら、志桜里は言葉を継いだ。

「もっとも、御前試合には船曳様もお出《で》になられますから、新太郎のことは船曳様にお頼みいたすつもりですが」

切り口上で志桜里が言うと、半五郎は息を呑んだ。

「船曳殿は御前試合に出る腹を固められましたか」

「さようでございます。木暮様は御前試合に稲葉幸四郎様が出られるようご推挙されたと父から聞いておりますが、此度のことはいわば殿と三家の争いによるもの、それに稲葉様を巻き込まれては迷惑でございます」

志桜里がきっぱり言うと、半五郎は真剣な表情になった。

「船曳殿が御前試合に出られるということは、志桜里様との復縁話が決まったということでござるか」

志桜里は半五郎を少しにらんだ。

「それはわたくしどもの家のことでございますから、木暮様に申す謂《いわ》れはないと存じます」

いかにも、さようですな、と言いながら、半五郎は自分の頭を軽くたたいた。そして空を見上げて、

「志桜里様は自ら望んだ道を歩んでおられますか」

と訊いた。復縁は志桜里自身の意志なのかと、問うているのだろう。

志桜里は半五郎から目をそらせた。

「自らが望んだ道を歩むことができるひとがどれほどおりましょうか。それとも木暮様は自分が望んだ道を歩んでおられますか」

志桜里に鋭く問われて、半五郎は寂しげに笑った。

「なるほどさようですな。されど、それだけに志桜里様には自らの望んだ道を歩んでいただきたいと思います」

「身勝手なおっしゃり様です」

目を伏せて志桜里は言った。

「身勝手でござるか」

困惑したように半五郎はつぶやく。

「そうではございませんか。自分は望んだ生き方はしないが、わたくしにはしろ、とおっしゃる。木暮様が望んだままに生きようとされないのなら、わたくしにできるはずがございません」

「志桜里様――」

半五郎が何か言いかけようとしたが、志桜里は振り向かずに台所の勝手口に向かった。呆然《ぼうぜん》と半五郎は立ち尽くしている。

志桜里が勝手口から台所に入ると、かまどのそばにすみが立っていた。

すみのおずおずとした様子から、志桜里と半五郎の話を聞いていたことがうかがえた。志桜里はすみに構わず、板敷に上がった。すると、すみが、

「あの、志桜里様、申し上げたいことがあるのですが、よろしいでしょうか」

と言った。先日、新太郎とすみが庭先で話しているのを志桜里は見た。

ふたりの間には心のつながりがあるようだと思ったが、澤井家の嫡男である新太郎が百姓の娘を妻とすることはできない。そのことを新太郎に厳しく言っておいた。

すみはそれを悲しんだのかもしれない、と思って志桜里は板敷に立って、すみを振り向いた。

「言いたいことがあれば、聞きましょう。何でもおっしゃりなさい」

すみは、新太郎のことを言うのだろうと、志桜里は思ったが、そうではなかった。

「あの木暮様のことでございます」

「木暮様のこと?」

すみが何を言いだすのかと志桜里は首をかしげた。

「わたしの父は木暮様に斬《き》られました。でもそれはわたしの母を救うためで、しかたのないことだったのです。でも、木暮様はいまもそのことを気にされてご自分が幸せになってはいけないと思われているような気がするのです」

すみは懸命な面持《おもも》ちで言った。

「そうかもしれませんが、それですみは何がいいたいのですか」

志桜里は眉をひそめて訊いた。

「わたしは木暮様を恨んではいません。木暮様にそのことを志桜里様から伝えていただきたいのです。わたしは木暮様に幸せになっていただきたいのです。そうでなければ、志桜里様も幸せになれないような気がするんです」

やはり、すみは自分と半五郎の立ち話を聞いて、何事か感じ取ったのだ、と志桜里は思った。

志桜里は微笑して答える。

「すみはわたくしのことを心配してくれたのですね。そのことは嬉しく思います。ですが、あなたが木暮様を恨んでいないということは、わたくしではなく、あなたの口から言うしかありません。そうでなければあなたの思いは伝わらないでしょうから」

「わたしが木暮様に話すのですか」

すみは戸惑って、泣き出しそうな顔になった。

志桜里は静かに言う。

「あなたは本当に木暮様を恨んでいないのだと思います。でも、そのことを言おうとすると、あなたの父御が斬られたときのことが、まざまざと思い浮かんで、とても木暮様に直《じか》には言えないのでしょう。それがあなたの心の傷の深さなのです。木暮様も同じだと思います。昔のことは忘れていまを生きなければと思っていらっしゃるのでしょうが、心の傷の深さがそれを許さないのです」

志桜里は、しかたのないことです、とつぶやいた後、

「あの方はやさしすぎるのです」

と悲しげに言い添えてから、すみに背を向けた。

御前試合を明日にひかえた日の夕刻、下城した庄兵衛が志桜里と里江を居室に呼んだ。

何事だろうと思って、志桜里たちが部屋に入ると、庄兵衛は腕を組んで、眉間《みけん》にしわを寄せ気難しい顔をしている。

志桜里と里江が座ってもすぐには口を開こうとはせず、やがて膝をぴしゃりと叩《たた》いてから話し始めた。

「明日の御前試合は思いがけないことになったぞ」

庄兵衛は苦り切った表情でため息をついた。

「何があったのでございますか」

志桜里がうながすと、庄兵衛はちらりと里江を見た。

「明日の御前試合は船曳栄之進殿のかわりに稲葉幸四郎殿が出ることになった」

志桜里と里江は息を呑み、おたがいを見つめ合った。心を落ち着けてから志桜里は庄兵衛に訊いた。

「船曳様は御前試合に出て、わたくしと復縁すると申されました。あれは虚言だったのでございましょうか」

「いや、嘘ではない。船曳殿はたしかに御前試合に出ることを殿に願い出てお許しを得た。その際、そなたとの復縁についても言上《ごんじょう》し、殿からもよき話じゃ、めでたい、とのお言葉を頂戴したそうだ」

「それならば、なぜ――」

志桜里は膝を乗り出して訊いた。

「柴垣四郎右衛門様が、もとは家来筋であった船曳殿と嫡男を立ち合わせるわけにはいかん、と言い出したのだ」

「まさか、そのような――」

志桜里は愕然《がくぜん》とした。船曳家にとって柴垣家がかつての主筋であることは知っていたが、そのことを理由にして立ち合いを拒むとは思ってもいないことだった。

「無論、柴垣殿の嫡男小太郎殿は十六歳だ。年齢からいって、小太郎殿と立ち合うのはわが家の新太郎であろう。船曳殿は安納新右衛門殿か、伊関弥一郎殿と立ち合うことになると思うが、それでも柴垣殿はいかん、というのだ」

「なぜでございましょう」

志桜里と里江はうかがうように庄兵衛の顔を見た。

「柴垣殿にしてみれば、かつての家来筋の者が安納家か伊関家の嫡男と試合してもし勝つようなことがあれば、両家と柴垣家の間に溝がはいる。殿はそれを狙《ねら》って船曳殿を出すのか、と大層な剣幕であった」

「さようでございますか」

栄之進に御前試合に出てもらうために、復縁を決意したのが無駄になったのか、と志桜里は肩を落とした。

庄兵衛は志桜里を憐《あわ》れむように見つめてから、里江に顔を向けた。

「殿は柴垣家が頑強に言い張るのに手を焼かれ、木暮殿が稲葉幸四郎殿を推挙していたのを思い出され、ただちに稲葉殿に質《ただ》したのだ。すると、稲葉殿はすぐに御前試合に出ると応じたということだ」

里江は緊張した表情で訊いた。

「稲葉様はなぜさようなことを」

「決まっておろう。稲葉殿はそなたとの縁組を破談にするつもりはないのだ。それゆえ、御前試合に出ることを承諾してくれたに違いない。そなたは稲葉殿のお気持ちをありがたく思わねばならぬぞ」

庄兵衛が重々しく言うと、里江は言葉もなく涙ぐんでうなずいた。庄兵衛は里江をじっと見つめた後、志桜里に目を転じた。

「さて、柴垣殿の横車で試合相手からはずれた船曳殿はわしのもとに来て、御前試合には出られなくなったが、そなたとの復縁は変わりないか、と訊いてきた。わしは復縁はすでに殿に言上しているからには、たとえ御前試合がどうであろうと、もはや、復縁を変えるつもりはない、と答えておいた」

志桜里はどう思うか、などとは庄兵衛は言わなかった。もはや、すべては決まったことで、変えることはできないのだ。

志桜里は目を閉じた。なぜかしら脳裏に暗い道筋を灯りも持たずに歩く自分自身の姿が浮かんでいた。


庄兵衛が志桜里と里江に話しているころ、新太郎は庭ですみと向かい合っていた。

夕焼けで庭の樹木が赤く染まっている。

「すみ、わたしは明日、御前試合に出るぞ」

新太郎が胸を張っていうと、すみは目を瞠《みは》った。

「明日なのでございますか」

すみは新太郎が御前試合に出ることは先日、聞いていた。だが、期日は知らなかった。もっと先の話だろうと思っていたのに、突然、明日と言われてすみは胸が騒いだ。

「剣術の試合では怪我をしたりするのではありませんか」

すみは恐る恐る訊いた。新太郎が怪我をしたら、どうしようと思った。新太郎は誇らしげに、

「木刀で打ち合うのだから、当たり所が悪ければ大怪我をするだろうし、場合によっては命を落とすこともあるかもしれない」

と言った。すみの目に見る見る涙が浮かんできた。新太郎はあわてて慰《なぐさ》めた。

「どうしたのだ、すみ。大丈夫だ。わたしは一生懸命、稽古してきたのだから、負けたりはしない。怪我をするのは相手のほうだ」

「でも、相手の方だって一生懸命、稽古をなさってきたと思います。木刀を振り回したら何が起こるかわかりません。新太郎様が怪我をしたら、わたしは悲しいです」

すみが涙ぐんで言うと、新太郎は夕空を見上げてしばらく考えてから口を開いた。

「大丈夫だ。すみ、安心しろ。たしかに相手も稽古しているだろうから、手強《てごわ》いかもしれない。だが、勝負は最後は気持ちだ。わたしは気持ちでは負けない」

「どうして気持ちで負けないのでございますか」

すみは新太郎を訝しそうに見た。

新太郎は明るく笑った。

「だって、わたしが負けて怪我をしたりしたら、すみが悲しむだろう。わたしはすみに悲しい思いをさせたくない。立ち合う相手はわたしほどに誰かのことを思ってはいないだろう。だからわたしは勝つのだ」

新太郎が言い切ったとき、隣の庭から男の声がした。

「ひとへの思い深き者は勝つか、至言ですな」

新太郎とすみが振り向くと垣根越しに半五郎がにこやかな顔で立っているのが見えた。

新太郎は真っ赤になって言った。

「木暮様、ひとの話を立ち聞きするのはよくないですぞ」

すまぬ、すまぬ、と言って半五郎は笑った。

「それにしても、ひとへの思いが深い方が勝つとはよい言葉だ。さて、わたしには誰ぞへの思いがあるであろうか」

半《なか》ば、嘆くように半五郎が言うと、すみは一歩、前に足を踏み出した。志桜里に話したように、父を殺されたことを恨んではいないことを半五郎に伝えなければと思った。

「木暮様――」

すみが声をかけると半五郎は笑顔で振り向いた。

「なんだ、どうかしたのか」

すみは話そうとした。しかし、その瞬間、半五郎に斬られた父のうめき声が耳の奥に蘇《よみがえ》った。さらに血に染まった恨めしげな父の顔も思い浮かんだ。

すみは震えた。

声が出なくなり、うずくまった。

「どうした、すみ」

新太郎がそばに寄って肩を抱き、顔をのぞきこんだ。しかし、すみの震えは止まらない。

その様子を見た半五郎は、

「無理をいたすでない。無理なことをしても、何もよくはならん。何事も天の定めるところだ」

と言うと、生垣から離れた。すみが自分を見て父親が死んだときのことを思い出したのだ、と察していた。

半五郎は静かに家の中に戻っていった。

十五

三家の御前試合は城内の広場に幔幕《まんまく》を張って行われた。

藩主頼近が中央の床几《しょうぎ》に座り、かたわらに筆頭国家老、伊関武太夫と次席国家老の柴垣四郎右衛門が控《ひか》えた。

居並んだ家臣たちの中に庄兵衛と栄之進の姿もあった。御前試合の審判は柳生新陰流《やぎゅうしんかげりゅう》の剣術指南役、堀川三右衛門《ほりかわさんえもん》が務めることになっていた。

三右衛門は四十を過ぎたばかりで眉が太く、眼光鋭い、いかつい顔をしていた。いずれの派閥にも属さない頑固一徹なおとこだが、それだけに藩士が城下の他流で剣を学ぶことを快《こころよ》しとしていない。

木暮半五郎が城下の町道場で修行するとともに、刀を紐《ひも》で結んで〈抜かずの半五郎〉などと呼ばれていることについても、

「刀を抜きたくなければ、自ら抜かねばよいだけのことだ。わざわざ紐で縛るなど児戯に等しい」

と苦々しく思っているという噂だった。

三家の嫡男たちと半五郎、幸四郎、新太郎がそろって頼近の前に出た。いずれも白鉢巻をして白襷《しろだすき》をかけ袴《はかま》の股立《ももだ》ちをとっている。

頼近は鷹揚《おうよう》に笑って、

「日ごろの鍛錬を見たい。頼もしき武者ぶりを見せてもらうぞ」

と声をかけた。

六人は頭を下げて東西に分かれた。

堀川三右衛門が白扇を手に、柴垣小太郎と新太郎が最初に立ち合い、次に安納新右衛門と幸四郎、最後に伊関弥一郎と半五郎が立ち合うことを告げた。

それぞれ東西に設《しつら》えられた床几の席から新太郎と小太郎が立ち上がった。新太郎は半五郎と幸四郎を振り向いて、

「お先に仕《つかまつ》ります」

と声をかけた。半五郎はにこりとした。

「思い深き者は必ず勝ち申す。落ち着いて立ち合われよ」

半五郎の言葉に新太郎は口を引き締めてうなずいた。新太郎が試合場の中央に出ていくと、幸四郎が声をひそめて訊いた。

「思い深き者が必ず勝つとはどういうことでございますか」

半五郎は微笑した。

「昨夕、新太郎殿は澤井家のすみという同じ年頃の女中にさよう申されておった。なかなかよい言葉だと思ったしだいでござる」

ほう、と幸四郎はうなずいてから、思い深き者は必ず勝つとつぶやいた。

「なるほど、よき言葉ですな。されば、新太郎殿はその女中への深き思いにて勝ち、それがしは里江殿への思いによって勝つということになるのでしょうか」

楽しげに幸四郎が言うと、半五郎はうなずいた。

「さよう、われら三人は同じです。それぞれの思いによって戦うのです」

幸四郎はちらりと半五郎を見た。

新太郎はすみという女中のため、自分は里江のために戦うのだとしても、半五郎が誰のために戦うのかわからなかったからだ。

半五郎はじっと新太郎の背中を見つめている。


新太郎が立ち合う柴垣小太郎は同じ年とはいえ、背丈が高くがっちりとした体つきだった。

木刀を構えると、

——きえぃ

と甲高い気合を発した。新太郎は小太郎をにらみつけて、

「おおりゃ」

と声を発する。ふたりとも木刀を正眼に構えたまま、じりじりと横に動いた。不意に小太郎が間合いを詰めて、かん、かん、と何度か木刀が打ち合う音がした。

上背《うわぜい》に勝る小太郎のほうが木刀の打ち込みが速く、押し気味だった。

えい、えい、えい、と小太郎は掛け声をかけるようにして前に踏み出し、新太郎を撥《は》ね飛ばす勢いだった。

新太郎は押されてあえいでいたが、それでも足さばきは乱れず、粘り強く小太郎の木刀を弾き返していた。

やがて木刀を振り回し続けた小太郎の息が乱れてきた。その瞬間を新太郎は見逃さなかった。とぉーっ、という気合とともに突いて出た。

小太郎はのけぞってよけようとしたが、よけきれない。新太郎の木刀で喉元《のどもと》を突かれ仰向《あおむ》けに倒れた。同時に地面で頭を打ったらしく、気を失った。

小太郎が倒れたまま、起き上がれないのを見て、三右衛門は新太郎に向かって白扇を上げ、

——勝負あり

と宣した。

新太郎は額の汗をぬぐいながら半五郎たちのもとに戻ってきた。

「お見事――」

半五郎が言葉少なに誉《ほ》めると新太郎は嬉しそうににっこりした。控えていた足軽たちが、急いで小太郎をかつぎあげ、試合場の外へと運んだ。その様子を見ながら、幸四郎が立ち上がった。

「お先に仕る」

幸四郎は静かに言うと試合場の中央にすり足ですべるように進み出た。その様をちらりと見た三右衛門は幸四郎と立ち合う安納新右衛門に目を遣《や》った。

新右衛門は弥一郎と何やら言葉を交わしている。

三右衛門は目を厳しくして、

「殿の御前である。疾《と》くいたされよ」

と声をかけた。

新右衛門は振り向いて、あわてる様子もなく悠然と試合場の真ん中に進み出た。新右衛門は小柄だが、色黒で目つきが鋭く、いかにも敏捷《びんしょう》そうな物腰だった。

三右衛門が白扇を上げて、立ち合いの始まりを告げた瞬間、新右衛門の体は弾かれたように前に跳んだ。

あたかも隼《はやぶさ》が襲いかかるのに似ていた。見ていた半五郎は新右衛門の素早さに思わず、はっとして、肝を冷やした。

だが、幸四郎の体はゆらりと陽炎《かげろう》のように揺れただけで、新右衛門の打ち込みをかわしていた。

試合を見守る藩士たちから、ほう、というため息がもれた。新右衛門は打ち込みがかわされたことにうろたえる様子はなく、木刀を中段につけ、やや猫背になり、足を大きく開いて幸四郎に対している。

その構えを見て、半五郎は、

「柳生新陰流ではないのか」

とつぶやいた。

三家の嫡男は当然、藩の剣術指南役の流儀を稽古しているものと思ったが、新右衛門の構えは見たこともないものだった。おそらく、東国の古流だろうと半五郎が思っていると、気合とともに新右衛門は打ちかかった。

幸四郎が弾き返す。だが、新右衛門の木刀はからみついたように幸四郎の木刀から離れない。かつ、かつと小刻みに打ち付けながら、幸四郎の木刀を押さえ込んでいく。

〈馬庭念流《まにわねんりゅう》の〈そくいつけ〉か〉

半五郎はうめいた。〈そくいつけ〉とは、本来、鍔迫《つばぜ》り合《あ》いのことで、そくいとは米飯から作る糊《のり》のことだ。糊でつけたように離れない、という意味なのだろう。

（離れた一瞬に胴打ちがくるぞ）

〈そくいつけ〉の勝負は相手との鍔迫り合いで隙《すき》を見出し、胴を斬ることである。隼のように素早い動きを見せた新右衛門がいまは、幸四郎にからみついて、隙をうかがっている。

（なるほど、三家の嫡男が腕に自信があるというのはまことのことのようだ）

半五郎が手に汗を握る思いで見つめていると、ぱっと新右衛門が飛び下がった。その瞬間の、

――胴打ち

と見えたとき、幸四郎の体がふわりと新右衛門に吸い付くように跳躍した。

見ていた藩士たちが、あっと思ったときには、幸四郎は見事に新右衛門の胴を抜いていた。

新右衛門はうめいて片膝をついた。

三右衛門がゆっくりと白扇を上げた。

「勝負あり」

三右衛門の声を聞いて幸四郎は木刀を納め、静かに一礼してから控えの場所に戻ってきた。

新太郎が興奮した面持ちで、

「稲葉様、よきものを見せていただきました」

と言った。

「なんの」

幸四郎はさりげなく答えて床几に座った。

このとき、試合場の藩士たちは、大きな声こそ出さないもののざわめいていた。頼近のそばに控える伊関武太夫と柴垣四郎右衛門は苦虫を嚙《か》み潰したような顔になっている。

三家の者が藩士たちの前でこれほどの醜態をさらしたのは初めてのことだった。いままでは、こんな場合、三家の者より腕が立つ相手でも手心を加え、時に勝ちを譲るなどしてきたのだ。それなのに、新太郎と幸四郎は完膚無《かんぷな》きまでに相手を破った。三家のうち、二家がすでに敗北を喫したのだ。さらに伊関弥一郎までが敗れるようなことがあれば、三家の面目は丸つぶれになる。

かつてないことだけに、家中で騒擾《そうじょう》が起きることにもなりかねない、と藩士たちは恐れ、伊関武太夫と柴垣四郎右衛門の席に目を向ける者はいなかった。

これに対して頼近は上機嫌でほくそえみ、身を乗り出すように試合場を見つめている。

三右衛門が再び、立ち合いをうながすと、半五郎は何事か考える様子で試合場の真ん中に進み出た。

長身で均整のとれた体つきをして面立ちもととのっている弥一郎は藩士たちの目も気になら

ぬ様子で歩み出た。

弥一郎は木刀を正眼に構えるなり、

「抜かずの半五郎、腕前のほどを見てやるゆえ、遠慮なく打ちかかって参れ」

と言い放った。

三右衛門がじろりと弥一郎を睨《にら》んだ。

「御前である。慎《つつし》まれよ」

三右衛門の叱責を聞いて、半五郎は白い歯を見せて笑った。

「慎まれよ」

三右衛門の口真似《くちまね》を半五郎がすると、弥一郎は色白の顔を朱《あけ》に染め、

――やあっ
という声とともに打ちかかった。

次の瞬間、試合場の藩士たちは息を呑んだ。

半五郎は弥一郎の打ち込みを避けなかった。肩で受け止めただけで、木刀もぴくりとも動かさなかった。

弥一郎は木刀を引いて後退《あとじさ》ってわめくように言った。

「木暮、何の真似だ」

「それがしは仰せのごとく、〈抜かずの半五郎〉でござれば、木刀であっても抜かなかったまででござる」

半五郎は平然と答えた。

「なんだと、わたしを侮《あなど》るのか」

弥一郎は目を怒らせた。

「滅相《めっそう》もござらん。打たれたからには、それがしの負けでござる」

半五郎が淡々と告げて下がろうとすると、三右衛門が白扇を突きつけて言った。

「待て、審判のわしがまだ、勝負を告げておらぬのに、下がることは許さぬ」

半五郎は顔をしかめた。

「しかし、勝負あったのは見えたはずでござる」

「いや、わしには勝負は見えておらん。わしに見えたのは、お主が武士にあるまじき無礼を働いたということだ」

「勝負に負けるのが無礼でござるか」

半五郎は三右衛門を見据えた。三右衛門は厳しい表情で、

「お主、負けたとは思うておるまい。三家の嫡男である方々を三人とも打ち据えては後が面倒だと思って勝負から逃げただけのことだ」

と言うと、弥一郎に顔を向けた。

「いかがされる。今の勝負で勝ったということでよろしゅうござるか」

弥一郎は激しく頭を横に振った。

「いや、かような辱《はずかし》めを受けたからには、もはや、木刀での立ち合いではすまぬ。真剣にて立ち合おう。こやつを斬り捨ててくれる」

弥一郎の言葉を聞いて三右衛門は頼近に顔を向けてうかがいを立てた。頼近はにやりと笑った。

「構わぬ、真剣にて立ち合わせよ。〈抜かずの半五郎〉がいかがいたすか、わしも見てみたい」

かたわらの伊関武太夫と柴垣四郎右衛門がうなずくのを見て、三右衛門は向き直った。

「ならば、真剣にて立ち合われよ」

三右衛門に言われて、半五郎は顔をしかめた。

「これは迷惑な」

三右衛門は半五郎を睨んだ。

「お主が引き起こしたことだ。決着をつけぬわけにはいかぬぞ」

半五郎はやむなく席に戻った。間もなく小姓が半五郎の刀を持ってきた。相変わらず刀の鍔《つば》が浅黄《あさぎ》の紐で結ばれている。

新太郎が青ざめて囁《ささや》いた。

「木暮様、この場は謝られて日を改めて木刀にて立ち合われてはいかがですか」

「案じてくれるのか。ありがたいぞ」

半五郎はにこりとして言った。幸四郎が声を低めて、

「伊関弥一郎殿は田宮流の居合を稽古されたと聞いたことがあります。初太刀《しょだち》にご用心されたほうがよいと存じます」

半五郎は深々とうなずいた。

「かたじけない」

言い残した半五郎は刀を腰にして試合場の真ん中に出た。弥一郎も刀を腰にして進み出てくる。

半五郎を見つめる目には殺気がこもっていた。

三右衛門がさっと白扇を高く構える。

半五郎と弥一郎はわずかに下がって間合いを開いた。ふたりとも腰を落とし、刀の柄《つか》に手をかけたが、抜こうとはしない。

ふたりは睨みあったまま、じりじりと円を描いて回った。弥一郎の額に大粒の汗が噴き出し白鉢巻を濡らした。

半五郎はひややかに弥一郎を見据えていたが、やがて、ぴたりと足を止めた。その瞬間、半五郎は、

——来い

と大喝《だいかつ》した。弥一郎は引き寄せられるように足を踏み出し、居合を仕掛けようとした。だが、そのときには半五郎は大きく跳躍し、体をぶつけるようにして弥一郎の刀の柄を押さえていた。

「貴様、またしても」

弥一郎がわめいたが、半五郎は押さえつけて刀を抜かせない。そのままじりじりと押していく。

「退《の》け——」

弥一郎はわめいて半五郎を押しのけようとした。だが、半五郎は腰を入れて弥一郎を投げ飛ばした。

弥一郎は地響きを立てて地面に仰向けに倒れた。そのときには、弥一郎の刀を半五郎は奪い取っていた。

半五郎が手にした白刃が光った。

弥一郎はかろうじて上半身を起こしたが立ち上がれない。その弥一郎に半五郎は真剣を突きつけた。

「真剣での勝負を望まれたからには、斬られることも覚悟の上のはずでござる」

半五郎は刀をつきつけたまま、じりっと近づいた。

弥一郎は蒼白になった。口が渇《かわ》くのかあえいでいるが、言葉は出てこない。

「いかがされた。これがあなた様が望まれた勝負でござるぞ」

半五郎はひややかに言うと、踏み込んで刀を振り上げた。

ああっ、と弥一郎が悲鳴を上げた瞬間、

「待てっ、それまでじゃ」

頼近が立ち上がって叫んだ。

半五郎は刀を振り上げた手を止め、頼近を振り向いた。

頼近は荘重《そうちょう》な顔つきで、

「試合はこれまでである」

と言った。

半五郎は刀を下げて頼近に一礼した。倒れたままの弥一郎を一瞥《いちべつ》すると三右衛門に近づいて刀を差し出した。

三右衛門は顔をしかめて刀を受け取る。半五郎はそばに寄って三右衛門に低い声で言った。

「いかがです。勝負は見えましたか」

三右衛門は鼻で嗤《わら》った。

「たしかに見えたな」

「されど、ここまでせねば勝負が見えぬようで、よく剣術指南役が務まりますな。木刀の試合でそれがしの意のあるところを汲《く》み取られるべきでござった」

半五郎は言い捨てると、背中を向けて歩き出した。三家の嫡男を残らず破ったからには三家は必ず報復に出るだろう。

(もはや、血を見ずにはすむまい)

半五郎は陰鬱《いんうつ》な思いになっていた。三右衛門は憮然《ぶぜん》として半五郎の後ろ姿を睨んだ。

半五郎が席に戻ると新太郎と幸四郎が嬉しげに迎えた。

十六

船曳栄之進は、志桜里にすぐにも船曳家に戻ってくるよう、催促してきた。

下城した庄兵衛は志桜里を居室に呼んでこのことを伝えながら、苦り切った顔になった。

「船曳殿は、御前試合に出られなかったのは、柴垣家から横槍《よこやり》が入ったためだから、自分は約束を守ったも同然だ。それゆえ、復縁を急ぎたいとせっつくのだ」

志桜里はため息をついた。

「栄之進様は心が狭く、おのれのことばかりを考えておられます。わたくしが約束を反古にするのではないかと疑っておられるのだと思います」

庄兵衛は志桜里の顔をちらりと見てから口を開いた。

「わしは約束を違《たが》えてもよいのではないかと思っている。なるほど、船曳殿が御前試合に出られなかったのは柴垣家が拒んだためではあるが、船曳殿がどうしても出ると言えば、柴垣殿も拒み通せはしなかったであろう。船曳殿には何としても御前試合に出るというつもりはなかったようだ。だとすると、こちらも約束に縛られずともよいのではないか」

庄兵衛が真剣な表情で言うと志桜里は頭《かぶり》を横に振った。

「父上、それはあまりに身勝手でありましょう。武士に二言なしと申すではありませんか。約束を違えれば父上が家中の方々から謗《そし》られることになるのではありませぬか」

「わしは何と言われてもかまわぬがな」

庄兵衛はあごをなでながらつぶやいた。志桜里は苦笑して、

「父上はかまわずとも、いずれ家督を継いでお役にもつく新太郎や稲葉様に嫁す里江のことをお考えくださいませ。父上に悪評がたてば、新太郎や里江がせずともよい苦労をいたします」

稲葉幸四郎が御前試合に出てくれたことで、稲葉家とはあらためて婚儀の話を進めている。

それでも幸四郎の両親は澤井家と縁を深くすることにためらう様子が見られた。もし、自分が船曳家に戻らねば、悪評が一気に広まるに違いないと志桜里は案じていた。

志桜里の言葉を黙って聞いていた庄兵衛は、大きく吐息をついて、

「そなたの言うことはわかるが、それでは、そなたは弟や妹のためにいったん不縁になった船曳家に戻ることになるぞ。それははたしてよいことかな」

志桜里は微笑んだ。

「わたくしのことをそこまで案じてくださり、嬉しゅう存じます。されど船曳家の母上様はわたくしが戻ることをまことに望んでおられます。ひとは望まれて生きるのが幸せなのではないでしょうか」

「それはどうであろうかな。わしはおのれの望みを大切に生きるほうがよいように思う。そなたには別な道を生きる望みはないのか」

庄兵衛はじっと志桜里を見つめた。志桜里は目を伏せて答える。

「わたくしに別な道などないと存じます」

「そうかな。たとえば、木暮半五郎はどうだ」

庄兵衛は表情をやわらげて訊《き》いた。

「木暮様がいかがされましたか」

志桜里は表情を変えず、さりげなく訊き返す。庄兵衛は、ごほん、と咳払《せきばら》いをした。

「つまりだな、木暮は何かとわが家に力を貸してくれる。御前試合に出たのは殿の命によるものだが、稲葉幸四郎殿を味方に引き入れたのは、木暮がわが家のことを思えばこそだ。そして、何となくだが――」

言葉を切って庄兵衛は志桜里を見つめた。志桜里は訝《いぶか》しげに庄兵衛を見返して訊いた。

「何となく、どうなのでございますか」

庄兵衛は頭をかいて言い難《にく》そうに目をそらせた。

「何となくだが、木暮はそなたのためにわが家に味方しておるのではないか、という気がするのだ」

「さようなことはあるはずもございません」

志桜里はきっぱりと言った。

「そうであろうかな」

困ったように庄兵衛は顔をしかめた。

「父上は何か勘違いをいたされているのだと存じます。念のために申し上げますが、木暮様は奥方を迎えるつもりはないそうでございます。さような方がわたくしのためにわが家に力添えをしてくださるはずはございません」

志桜里が言い募《つの》ると、庄兵衛は面白そうに言葉を発した。

「ほう、木暮はそなたに妻を迎えるつもりはないなどと話したのか。なにゆえ、また、さようなことを申したのであろうか」

庄兵衛の問いに志桜里はすぐには答えられなかった。やがて、声をひそめて、

「木暮様は深堀村の騒動で百姓を斬《き》ったことを悔いておられます。それゆえ、自ら人なみの幸せを求めようとはされぬのではないかと存じます」

「なんと、木暮は強訴《ごうそ》しようとした百姓を斬ったことを後悔して妻を娶《めと》らぬと思い定めていると申すか」

「さようでございます」

志桜里が小さくうなずくと、庄兵衛ははっは、と声を高くして笑った。

「父上、何を笑われるのですか。木暮様にしてみれば、苦しんだあげくに心を定められたのだ、と存じます」

志桜里が難じると庄兵衛はようやく笑いを収めた。

「すまん。ただ、そなたと木暮は似た者同士だなと思うたら、おかしくなったのでな」

庄兵衛の言葉に志桜里はむっとした。

「わたくしと木暮様が似ているとは思えません」

「そうかな。木暮は昔、斬った百姓のことでおのれを責めて、おのれの幸せを得ようとはせぬ。そなたは妹や弟のことを思い、自らが望まぬ家に入ろうとしておる。ふたりともかたくなな意地っ張りであることは変わるまい」

あっさりと庄兵衛は言ってのけた。志桜里は少し考えてから、

「そう言えば、木暮様から以前に和歌を示されたことがございます。木暮様も父上と同じことを思われたようです」

「ほう、どんな和歌だ。言うてみよ」

庄兵衛にうながされて、志桜里は口にした。

時しあればこぶしの花もひらきけり
君がにぎれる手のかかれかし

辛夷《こぶし》の花と手の拳《こぶし》をかけている和歌だが、半五郎は自分が斬った百姓の娘であるすみに心を開いて欲しいとの思いを伝えたかったのではないか。同時にそれは志桜里に向けてでもあったかもしれない。

庄兵衛は目を閉じて志桜里が詠《えい》じるのを聞いていたが、ほっとため息をついた。

「なるほどな」

「ご得心がいかれましたか」

志桜里は静かに言った。庄兵衛は志桜里に顔を向けて、にこりとした。

「木暮もそなたもおのれのことはわかっているのであろうな。それでも、ならぬのであろうな」

「ひとはおのれが正しいと思った道を歩むしかないのではありますまいか」

志桜里は自分に言い聞かせるように言った。

「さて、そうであろうか。ひとは誰もが聖人君子となれるわけではない。時に踏み迷い、誤った道を歩みつつも、おのれを見失わねば正道に立ち返ることができる。誤った道を歩むまいと心を縛って生きるばかりが道ではないと思うが――」

さりげなく志桜里を諭《さと》そうとした庄兵衛は途中で口を閉ざした。

「そうか、木暮がおのれの刀を紐《ひも》で縛って抜けぬようにしておるのと同じことだな。木暮があの紐を断ち切るとき、そなたの心を縛る紐もほどけるのやもしれぬな」

庄兵衛はうなずきながら言った。志桜里は黙ったまま目をそらした。

この夜、志桜里の妹の里江とよし、つるは新太郎の部屋に集まってひそひそ話していた。

里江が、声を低めて、

「姉上はやはり船曳家に戻られるおつもりのようです」

と言うとよしががっかりした顔になった。

「やはり、そうなのですか。わたしは船曳様がまた義兄上《あに》になられるのは気が進みません」

「それはわたしも同じですが、姉上には姉上のお考えがあってのことですから」

里江が言うと新太郎が膝を乗り出した。

「姉上は何をお考えなのでしょうか」

「それは――」

里江は口ごもりながらも答えた。

「わたくしと稲葉様の婚儀や新太郎殿が家督を継がれてからのことを考えて、ご自分が障《さわ》りにならぬよう船曳家に戻られようとしているのだと思います」

里江の話を聞いてつるが涙ぐんだ。

「お姉様がおかわいそうです」

よしも声を詰まらせながら言った。

「お姉様はいつも皆のことばかり考えて、自分のことは後回しにされます。申し訳ないです」

里江はうなずいた。

「わたくしもそう思います。姉上がわたくしたちのために不幸になってはいけないと思います。このままではわたくしも嫁ぐことはできません」

新太郎が腕を組んでつぶやいた。

「だとしたら、どうしたらいいのだろう。わたくしたちが言っても姉上は聞いてはくださらないだろうし」

里江がためらいがちに口を開いた。

「ひとつだけできることがあるかもしれません」

「何でしょうか」

新太郎が問いかけ、よしとつるも真剣な眼差《まなざ》しを里江に向けた。里江は思い切ったように言った。

「お隣の木暮様から姉上にお話ししていただくのです」

新太郎は首をかしげた。よしとつるは顔を見合わせて、

「本当だ」

「どうして、そのことに気づかなかったのでしょう」

と言葉を交わした。姉妹たちの言葉を聞いて、新太郎は当惑した。

「木暮様が姉上に話せば聞いてくれるのですか」

里江は微笑んだ。

「新太郎殿は男子ですから、かようなことには疎《うと》いと思いますが、姉上と木暮様はたがいに憎からず思われていると思います」

「そうでしょうか。木暮様はよい方ですし、わが家に味方してくれる頼もしいひとですが、姉上とはいつも生垣越しに口喧嘩《くちげんか》のような話をしておられるではありませんか」

新太郎は眉をひそめた。

「その後、姉上は楽しそうにしておられます。木暮様も姉上と話すのを好まれているのは見ていればわかります」

里江が言うとよしとつるは急いでうなずいた。

「本当にそうです。姉上は木暮様に心を寄せていらっしゃいます」

「木暮様だって、姉上を見る目がおやさしいです」

ふたりが口々に言うと新太郎は腕をほどいて膝の上に置き、姉妹の言葉に感心したように独りごちた。

「そうだったのか。気が付きませんでした」

「新太郎殿は男子ですから、気づかれなくとも当たり前です。でも、これでおわかりでしょう。船曳家に戻ることを姉上に考え直していただくには木暮様に話していただくほかありません」

よしが首をかしげて訊いた。

「でも、木暮様に話していただくには、どうしたらいいのでしょうか」

新太郎に顔を向けた里江はじっと見つめた。新太郎はどきりとした表情になった。

「わたしが木暮様に話すのですか」

里江は頭を大きく縦に振った。

「新太郎殿は、船曳栄之進様と木暮半五郎様のどちらの方に義兄上になっていただきたいと思われるのですか」

里江に問われて、新太郎はにこりとした。

「それは木暮様です」

よしとつるも当然だという顔をした。里江はゆっくりと新太郎に頭を下げた。

「それでは木暮様への説得をお願いいたします」

新太郎は口元を引き締めてうなずいた。

翌朝――
新太郎は半五郎の屋敷を訪ねて、里江に言われた通り、志桜里が船曳家に戻るのを止めて欲しいと話した。

出仕前で裃《かみしも》を着た半五郎は腕を組んで、しばらく考えた後、

「他家のことにそこまでの口出しはできぬ」

とあっさり言った。新太郎は食い下がった。

「なぜでしょうか。先日の御前試合に木暮様は出ていただきましたが、船曳様は出られませんでした。わたしは、ともに戦ってくださった木暮様こそ姉上を幸せにできる方だと思っております」

懸命に新太郎が説くと、半五郎は軽く頭を下げた。

「さように言っていただくのは嬉しゅうござる。されど、御前試合に出たのは、あくまで主命によるものですから、澤井家の方々が恩に着られなくともよいのです。それに――」

半五郎は言いかけて、口を閉ざし、厳しい表情になった。

「何かほかに姉を止めることができないわけがあるのでしょうか」

新太郎は恐る恐る訊いた。半五郎は悲しげな目をして答えた。

「さよう、志桜里様は船曳家に帰られたほうがよい、とわたしは考えているのです」

新太郎は何も言い返せなかった。

十七

この日、昼過ぎになって、庄兵衛が控《ひか》えの間で弁当を食べ終えて茶を飲んでいると、半五郎が近づいてきて、座った。

庄兵衛はちらりと半五郎を見てから、あたりを見回した。控えの間には庄兵衛だけでほかにひとはいない。

「何だ。話でもあるのか」

庄兵衛が問うと、半五郎はあたりの様子をうかがいながらうなずいた。

「ならば、早く申せ。まわりの者にふたりで密談していると見られるのはまずい」

半五郎は膝をにじらせた。

「されば申し上げます。今朝方、新太郎殿がわたしのもとへ参られ、志桜里様が船曳家に戻るのを止めて欲しいと頼まれました。しかし、わたしは即座にお断りいたしました。そのわけを澤井様にご承知おきいただきたいのでございます」

半五郎の声には切羽詰まった響きがあった。

「聞こう」

庄兵衛は短く答えて、半五郎を見据えた。半五郎は軽く頭を下げて話し始めた。

「まず、先日の御前試合のことですが、あれは勝ちすぎました。三家の嫡男をいずれも叩き伏せたからには、三家の恨みは骨髄に徹したかと思われます」

「ふむ、そうであろうな」

庄兵衛はだから、どうしたのだ、という顔つきになった。半五郎はさらに声を低める。

「澤井様はもともと家中において勢力を振るってきたのは、三家だけでなく、さらに一家が加わった四家であったことをご存じでございましょう」

「ふむ、樋口《ひぐち》家だな」

庄兵衛は眉をひそめた。

樋口家はもともと藩主の一族で家臣となっていたが、家中では三家に勝る重みがあった。それでも家老とならなかったのは、藩主の血筋であることから却《かえ》って遠慮したもので、執政には代々、名を連ねて安納家、伊関家、柴垣家とともに四家と称されることもあった。

「樋口寅太夫《とらだゆう》様が三家によって誅《ちゅう》されたのは二十年前のことでございます。わたしは若年ではございますが、あのころ樋口様のお屋敷の近くに住んでおりましたゆえ、誅伐のしだいを目《ま》の当たりにいたしました」

「そうであったか」

庄兵衛の表情が陰鬱《いんうつ》な翳《かげ》りを帯びた。

樋口寅太夫の誅殺について小竹藩では、

――寅太夫騒動

とひそかに呼んでいた。

寅太夫は騒動が起きた年、四十歳だった。文武に秀でており、長身で眉目秀麗だった。当時の藩主、頼定《よりさだ》は寅太夫を信じること厚く、藩政をまかせていた。だが、それだけに寅太夫はしだいに増長した。

寅太夫は藩の財政を立て直すため殖産興業方を設けて、執政の身でありながら自ら奉行を兼ねた。寅太夫が殖産興業策の目玉として思いついたのが蠟燭《ろうそく》の原料となる櫨《はぜ》を植えることで、このため百姓に田畑をつぶして櫨を植えさせた。

当初は櫨が育つまで年貢《ねんぐ》を軽減すると百姓たちに約束していたが、地震があって城壁が崩れ、藩主の館が倒壊した。すると寅太夫は約束を覆《くつがえ》して年貢を旧に復した。百姓たちは櫨の植栽によって田畑が少なくなっているうえに苛斂誅求《かれんちゅうきゅう》されて、追い詰められ、強訴を企てるまでになった。

百姓の総代が何人か江戸に走ったが、途中で捕えられ、磔《はりつけ》になった。それでも百姓たちの動きは鎮まらず、何人かが続いて江戸に向かい、捕えられるということが繰り返された。百姓たちは強訴ができない、と思い知ると一揆《いっき》を考えるようになった。各村の総代がしきりに連絡を取り合った。

村々に不穏な気配が漂っていることは郡方《こおりがた》によって、執政に報告された。だが、執政会議で寅太夫はあくまで百姓を抑え込む考えを示した。

「百姓が集まっても何ほどのことができよう。わしが自ら出向いて蹴《け》散《ち》らしてやる」

と寅太夫は豪語した。

このような事態に三家は不安を抱いた。寅太夫は藩主頼定の威を借りて三家に対しても傲慢《ごうまん》に振る舞うようになっていた。百姓たちを鎮めるため三家の当主が意見を述べても寅太夫は木で鼻をくくったような返事をするだけで取り合おうとはしなかった。

当時の三家は安納源蔵《げんぞう》、伊関長兵衛《ちょうべえ》、柴垣藤内《とうない》が当主だった。

三人は寅太夫の横暴を頼定に訴えたが、これを聞いた寅太夫は三家をつぶそうと画策し始めた。百姓一揆が起きそうな上に、家中の争いが表立ちそうになったのだ。

三家の当主たちはこの事態を打破するために思い切った策に出た。

すなわち、当主たちは不意に登城して頼定に拝謁《はいえつ》し、寅太夫の誅殺を願い出た。同時に三家の嫡男たち安納源左衛門、伊関武太夫、柴垣四郎右衛門が家士や親戚の者たちを集め、総勢百人で寅太夫の屋敷を囲んだ。

城中で三家の当主たちが頼定に寅太夫を誅殺すべきであると建言している間に嫡男たちが寅太夫の屋敷に討ち入るという策だった。

このとき、半五郎はまだ十歳を過ぎたばかりだったが、近所での上意討ちの騒ぎを聞いて樋口屋敷まで駆けつけた。

屋敷の門前には若侍が三人、騎馬で乗り付けていた。陣笠《じんがさ》をかぶり、ぶっさき羽織、馬乗り袴《ばかま》姿だった。まわりには家士らしい男たちが鉢巻をまき、たすき掛けした物々しい様子でひしめいている。

寅太夫は三家に不穏な動きがあると察知していたのか、固く門を閉ざしている。若侍のひとりが門に馬を寄せて、

「わたしは安納源左衛門である。伊関武太夫殿、柴垣四郎右衛門殿とともに上意を伝えに参った。疾《と》く門を開け」

と大声で呼ばわった。しかし、門内からは応じる気配がなく静まり返っている。

源左衛門はしばらく門を睨《にら》んでいたが、やがて武太夫と四郎右衛門に相談したうえで、馬上から、

「かかれ――」

と大声で家士たちに命じた。家士たちが門に殺到する間に武太夫は一部の家士を率《ひき》いて裏門へとまわった。表と裏の門を同時に破るためだった。

家士たちは用意してきた槌《つち》を振りかざして門を打った。凄まじい響きがした。一方、竹梯子《たけばしご》を持った家士たちが築地塀《ついじべい》に立てかけて、するすると登り、屋敷内に飛び降りた。

槌で打たれて門扉が割れたとき、屋敷内に入り込んだ家士たちが内側から門を開けた。

四郎右衛門が馬上で鞭《むち》を振り上げ、

「それ行け。樋口寅太夫を討ち取るのだ」

とわめいた。家士たちは門内に殺到し、樋口家の家士たちと斬り合う音が響いてきた。

やがて、数人の樋口家の家士たちが血まみれになって、門から走り出てきた。

その様を見てぎょっとした源左衛門が、

「何をしておる。こやつらを斬れ」

と怒鳴った。家士たちは、血まみれの男たちを取り巻いたが、凄まじい形相に恐れをなして、すぐには斬りかかれない。

それでも勇を奮ってひとりが斬りかかると、樋口家の家士はわずかに動いただけで相手を斬り倒した。悲鳴をあげて相手が倒れると血まみれの男は源左衛門と四郎右衛門の騎馬に向かって走り、

「卑怯者、なぜ自ら斬り込まぬ」

と叫んだ。源左衛門と四郎右衛門が馬首を返して逃げようとするのに、血まみれの男たちは追いすがろうとしたが、まわりで取り囲んでいた家士たちがあわてて駆けつけ、男たちを斬り倒した。

深手《ふかで》を負って路上に倒れた男たちが、なおも蠢《うごめ》いているのを半五郎は背に冷や汗をかいて見守った。

いったん逃げ出した源左衛門と四郎右衛門は男たちが倒れたのを見て馬を返してくると、ふたりとも顔をゆがめて、

「口ほどにもない奴らだ」

「手間をかけさせおって」

とうめくように言った。その間にも樋口屋敷では争う物音が響いていた。なかなか決着がつかぬ様子に、源左衛門は苛立《いらだ》った。

「何をしておるのだ。まだ寅太夫を討ち取れぬのか」

四郎右衛門が馬を寄せて、

「まさか、逃げられたのではあるまいな」

と言った。源左衛門は大きくうなずいた。

「そうはさせぬ」

源左衛門は馬から降りると、四郎右衛門とともに門をくぐって屋敷に入った。しばらくすると屋敷から火の手があがった。

やがて屋敷内から、えいえい、おー、という勝鬨《かちどき》の声が聞こえてきた。屋根の一部が崩れ落ちた。

半五郎は門前の路上で倒れたままの男たちを見つめて、上意討ちというのは、酷《ひど》いものだ、と思った。


「此度《こたび》も寅太夫騒動のようなことが起きると思うのか」

庄兵衛は半五郎を見据えて言った。

「御前試合で三家は面目を失いました。これを取り戻すには武力を用いるしかないと思うのではありますまいか」

半五郎は平然として言った。

「なるほど、そうかもしれぬ。屋敷に討ち入られるのは、ちとたまらぬが、そのときは受けて立つまでだ」

「さようでございましょう」

当然だという顔をした半五郎に、庄兵衛は訝し気に訊いた。

「それにしても、新太郎が志桜里のことを相談に参ったのと、寅太夫騒動に何の関わりがあるのだ」

半五郎はあたりを見回してから声をひそめた。

「寅太夫騒動のおり、三家に討ち入られた樋口様は炎の中で自害され、奥方や幼き子まで殉《じゅん》じられたと伝えられております」

「いかにもそうだ。樋口様は強引に過ぎたが政事には見るべきところがあったと思う。現に櫨の蠟燭はわが藩の特産になり、金をもたらしている。樋口様の功績であろう。それを思えば樋口様の最期《さいご》は哀れにも思える」

庄兵衛はしみじみとした口調で言った。

「ですが、樋口様は自害ではなく、討ち入った三家の家士たちに斬り殺されたのだ、と言う者がおります。さらに奥方や幼き子らも同様に手にかけられたのだ、とも言われております」

半五郎は目を鋭くして庄兵衛を見つめた。庄兵衛は苦り切った。

「それはわしも聞いたが証拠のないことだ。樋口様と妻子の遺骸は火事で焼けてしまったのだからな」

「傷跡を見せぬために樋口様と妻子の遺骸が炎に包まれるのにまかせたのだ、と言う者もおりまするぞ」

庄兵衛はじろりと睨んだ。

「控えろ。証拠のないことで、そこまで言っては中傷になるぞ」

厳しく庄兵衛に言われて半五郎は頭を下げた。

「申し訳ございませぬ。ただ、わたしが新太郎殿から志桜里様のことで相談されながら応じなかったのは、これから寅太夫騒動のようなことがあるやもしれませぬから、志桜里様は別な屋敷に移られたほうがよいと思ったのでございます」

三家が討ち入ったとき、屋敷にいなければ志桜里は命拾いをする、という半五郎の話を聞いて庄兵衛は苦笑した。

「何という奴だ。それでは志桜里さえ助かれば、わしを始め他の者たちは三家に討ち取られてもいいというのか」

「決してさようなことはございません。もし、三家が討ち入ったならば、わたしは隣家の誼《よしみ》にて澤井様に助太刀いたす所存でございますゆえ」

半五郎はきっぱりと言った。

「それでも志桜里は前もって助けておきたいというのだな」

興味深げに庄兵衛は半五郎を見つめた。

「身を避《よ》けることができる方は避けた方がよいかと存じます。それゆえ、里江様と稲葉幸四郎様の婚儀も早くなされた方がよろしいのではありませんか」

真面目な顔で言う半五郎を庄兵衛は睨みつけた。

「他家の者からそこまで言われる筋合いはない、放っておいてもらおうか」

「ごもっともでござる」

半五郎はまたぺこりと頭を下げた。いかにも飄々《ひょうひょう》とした言い方だけに、庄兵衛もそれ以上は言わない。しばらく何事か考えてから庄兵衛は口を開いた。

「それにしてもそれほどまでに志桜里のことを案じてくれるのであれば、わしから頼みたいことがあるが聞いてくれるか」

「なんなりと」

半五郎はかしこまった様子で庄兵衛を見つめた。庄兵衛は言い難そうに顔をそむけ、言葉を発した。

「わしは娘のことゆえ、何となく志桜里の心持ちはわかる。志桜里はまことは船曳家に戻るのは気が進まぬのだ。しかし、わしや弟妹のために行こうとしておる。そこで相談だが、お主、志桜里をもらってはくれぬか」

突然、志桜里を妻に迎えろと言われて半五郎はぽかんと口を開けた。だが、庄兵衛が言っている意味を悟《さと》ると、あわてて首を横に振った。

「それはできかねまする」

庄兵衛はため息をついた。

「やはり、お主も辛夷の花か」

十八

この年の暮、志桜里は船曳家に戻った。

曇天《どんてん》の寒気が厳しい日だった。かつて嫁した家にもう一度、入るだけだから、祝い事などはなく、身の回りの物だけを手にした志桜里がひっそりと屋敷に入った。

栄之進は玄関まで出て志桜里を迎えて、

「遅かったではないか。もっと早くに戻ると思ったぞ」

と不満げに言った。

「申し訳ございません。里江の婚儀の支度がととのいましてからと思いまして」

稲葉家の両親は幸四郎の説得にようやく折れて、年が明けて早々に婚礼が行われることになっていた。志桜里は姉として里江の嫁入り道具をととのえ、親戚筋への挨拶などもしてまわったのである。

「さようなことはこちらに戻ってからしてもよかったのだ。わたしはそなたが実家のことをいたしても別に咎《とが》めはせぬぞ」

いかにも思いやり深い夫だと言わんばかりの栄之進の言葉に志桜里は苦笑をこらえた。

「ありがたく存じます。ただ、先《せん》にこちらにおりましたおりは、実家に参ることになかなかお許しがいただけませんでしたので」

さりげなく志桜里が言うと、栄之進は決まり悪げに、そうであったかな、とつぶやいた。そして、咳払いすると、

「まあ、いずれにしても、そなたもこの家に戻ったのだ。これからは万事、うまくいくであろう」

とおっかぶせるように言った。

志桜里は少し考えてから口を開いた。

「そのことでございますが、こちらに参りましてからの暮らし方について、いささかお願いがございますが、お聞きいただけましょうか」

「どのようなことだ。言ってみなさい」

栄之進は胸を張って言った。志桜里はひと呼吸置いてから言葉を継いだ。

「栄之進様はお気づきでございましょうか。母上様は近頃、お目が悪くなられ、よく見えてお

られぬご様子でございます」

「ふむ、目が薄くなられたとは思っていたが、さほどにお悪いか」

のんびりした口調で栄之進は言った。

「はい、おそらく歩かれるのもご不自由かと思います」

「そうか、それで、近頃、お部屋から出られぬのか」

さすがに、少し案じる様子で栄之進は首をかしげた。志桜里はここぞとばかりに話を続けた。

「それゆえ、わたくしは母上様のお部屋の隣室で起き伏しさせていただきたいのでございます」

志桜里が鈴代の隣の部屋で暮らすと言うと、栄之進の片方の眉がぴくりと上がった。

「それはわたしとは寝所をともにせぬということか」

「さようなことになろうかと存じます」

志桜里はさりげなく言った。栄之進は目を怒らせた。

「それはおかしいではないか。わたしが御前試合に出ることを承諾すればそなたは復縁するということであった。柴垣様からのお許しがなかったゆえ、試合に出ることこそできなかったが、わたしは約束を果たしたと思っている。そなたも復縁いたしたからには、まず、わたしの妻となるのが筋ではないか」

ひややかな栄之進の言葉を聞きながら、志桜里は表情も変えずに答える。

「さようかとは存じますが、栄之進様は御前試合に出ることを承諾してはくださいましたが、実際、出られてはおりません。言うなれば、約束は果たされても、いまだに実は見せていただいていないように思います」

「だから寝所を別にするというのか」

栄之進はあきれたように言った。

「母上様のお世話をいたすためにお側《そば》近くにいたいというのは誠でございます。どうか、わたくしの真情をお汲《く》み取りくださいませ」

志桜里は言いながら頭を下げた。栄之進はうんざりした顔で言葉を返した。

「そこまで申すのなら、好きなようにするがよい。ただし、寝所を別々にいたしておるなどということは、たとえ実家の者にでも他言無用ぞ」

「それはわきまえております」

志桜里がうなずくと栄之進は薄く笑った。

「さすれば、世間はそなたがわたしの妻に戻ったと思うであろう。あの木暮半五郎にしてもそうであろうな」

栄之進の意地の悪い言い方にも、志桜里は眉ひとつ動かさなかった。手をつかえ、母上様にご挨拶をいたして参ります、と言うと栄之進は、そうか、と突き放すように言った。

縁側に出て鈴代の部屋に向かいながら、やはり、栄之進と夫婦に戻るのは無理だ、と思った。

それでは、戻ってきた船曳家でどのように過ごせばよいのか、と自分の胸に問いかけたが、答えは何もなかった。

鈴代の部屋の前の縁側で膝をついて、

「志桜里でございます。ただいま戻りました」

と告げると、中から、お入りなさいと嬉し気な声がした。

志桜里が部屋に入ると、鈴代はまた白髪が増え、痩《や》せたように見えた。それでもにこにこと微笑む鈴代を前にすると、この屋敷で居場所がないのではないかと途方に暮れる思いがしたことも忘れることができた。

「栄之進はあなたが戻ったことを喜んでおりましたでしょう」

鈴代はそうであって欲しいと願う口振りで言った。

「はい、ご機嫌麗《うるわ》しく思われました」

志桜里がやさしく答えると鈴代はほっとした表情になり、

「これでわたくしも安心です」

と言った。志桜里は早めに言っておいたほうがよい、と思った。

「わたくし、本日から隣の部屋で休ませていただきますゆえ、ご用はいつ何時でも仰せつけくださいませ」

鈴代は少し不安げな顔になった。

「それは栄之進殿とともにはいたくないということでしょうか」

「いいえ、さようではございません。ただ、しばらくは母上様に身近でお仕えいたしたいと思っただけでございます」

志桜里がきっぱり言うと、鈴代は得心したように、

「そのほうがわたくしも心が安んじますね」

と言った。

(わたくしは母上様をお守りしよう)

そのことだけを考えればいいのだ、と志桜里は自分に言い聞かせるのだった。

この日、江戸家老の安納源左衛門が国許に戻ってきた。

源左衛門は、藩庁に届け出た後、筆頭国家老の伊関武太夫、次席国家老の柴垣四郎右衛門に使いを出した。

ふたりは夕刻になって源左衛門の屋敷を訪れた。

源左衛門は客間に酒食の膳を用意して待っていた。床の間を背にした源左衛門と武太夫、四郎右衛門は向かい合った。

「ご足労かけてあいすまぬ」

源左衛門が頭を軽く下げると、武太夫は笑って、

「なんの。お主がわざわざ江戸から戻ってくるのだ。よほどの用事であろうゆえ、訪ねることなど何でもない」

と言った。四郎右衛門は手酌で酒を注《つ》いだ杯を手にして話した。

「おそらく御前試合の決着をどうつけるかであろう」

源左衛門は大きく頭を縦に振った。

「そうだ。御前試合のことは江戸にまで伝わり、われら三家の嫡男が無様に負けたと陰で物笑いの種になっておるようだ」

武太夫が杯をあおってから歯ぎしりした。

「許せぬな」

源左衛門は自らの杯に酒を注いだ。

「まあ、笑われるだけなら我慢もできるが、このことがご親戚筋にも伝わり、どうも殿がわれらの鼻を明かしたという風になっているようだ。そうなると、ご親戚筋の中から、殿に力を貸

して、三家を押さえ込もうという動きが出てくる」

源左衛門がゆっくりと酒を飲む様子を見ながら四郎右衛門が言った。

「もともとご親戚筋は寅太夫騒動のことでわれら三家を憎んでいるようだ」

とつぶやいた。

武太夫がにやりと笑った。

「樋口寅太夫は当時の殿のお気に入りのうえ、小竹家の血を引くご親戚衆でもあったからな。それを寅太夫騒動で三家に殺されたのだ、快《こころよ》く思うはずがあるまい」

源左衛門はちらりとふたりの顔を見回した。

「つまり、そこだ。此度の御前試合の恥を雪《そそ》ぐには、もう一度、寅太夫騒動をやらねばならぬというのが、わしの考えだ」

「なんと」

武太夫は目を丸くした。四郎右衛門も顔色を変えた。

「まさか、そこまでやらねばならぬか」

源左衛門は大きくうなずいた。

「堤防も蟻《あり》の一穴から崩れると言うぞ。放っておけばわれら三家の滅びとなるやもしれんとわしは思っている」

武太夫は顔をしかめた。

「つまり、澤井庄兵衛を斬るというのか」

「そういうことだ」

源左衛門は平然として杯をあおった。四郎右衛門が眉をひそめて口を挟んだ。

「それならば、刺客を放って澤井ひとりを殺せばいいのではないか。寅太夫騒動のようにすれば城下で騒ぎが大きくなるぞ」

「だからこそ、寅太夫騒動のように白昼、堂々と討ち入るのだ。それでこそ、家中の者たちは三家の威に服すというものだ」

源左衛門は嘯《うそぶ》くように言った。四郎右衛門は首をかしげた。

「しかし、寅太夫騒動のおりは少しやり過ぎたのではないか。此度、あれほどのことをせねばならぬとも思えぬが」

源左衛門はじろりと四郎右衛門を睨んだ。

「あれほどのこととはどういうことだ」

武太夫が、くっくっと笑った。

「忘れたとは言わせぬぞ。わしらが討ち入ったとき、寅太夫は自害などしていなかった。奥の土蔵に隠れておって、われらに気づかれると土蔵から飛び出し、刀を振るって荒れ狂った」

「そうであったかな」

源左衛門はとぼけた顔をした。武太夫は素知らぬ風で話を続ける。

「寅太夫の荒れように誰も手をつけられなかった。幸いに弓矢の者も連れてきておったので、弓で射殺《いころ》すことができたのだ」


寅太夫が中庭で大の字になって倒れるとそれまですくんでいた三家の家士たちが襲いかかり、息絶えた寅太夫の体に無暗《むやみ》に斬りつけた。

寅太夫が血まみれの凄惨な死体となって地面に転がったとき、土蔵から女の悲鳴があがった。寅太夫の妻子だった。

寅太夫は妻子、七、八人と土蔵に隠れていたのだ。寅太夫の奥方と思《おぼ》しき女人が遺骸のそばに駆け寄って膝をついた。

女人は血だらけの寅太夫の遺骸から矢を引き抜くと、

「多数で討ち入りながら、飛び道具まで使うとは、卑怯ではありませんか」

と叫んだ。女人が口にした、

——卑怯
という言葉を聞いて逆上した源左衛門は、

「樋口寅太夫は藩のためにならぬ不忠の臣である。成敗いたして何の不都合があろうか」

と怒鳴った。さらに家士たちに向かって、

「この者たちは生かしておいてもどうせ死罪は免れぬ。斬ってすてい」

と命じた。

それからは凄惨な光景が繰り広げられた。

三家の家士たちは先ほどまでの斬り合いで気が昂《たか》ぶっており、女子供たちでも容赦しなかった。逃げ惑う女子供たちを追いかけて遊びのように斬ってまわった。

源左衛門がはっと気づいたときには、女子供たちは斬りきざまれて、酸鼻を極める事態となっていた。

裏門から討ち入った武太夫は源左衛門の傍《かたわ》らによって、

「これはまずいぞ」

「寅太夫の家族をかように酷く殺したとあっては殿がお怒りになるぞ」

と震えながら言った。

源左衛門はごくりとつばを飲み込んだ後、声を張り上げた。

「寅太夫始め、こ奴らの死体を屋敷に上げて火をかけよ。わしらが踏み込んだとき寅太夫始め家族の者たちはことごとく自害しておったのだ。そのことを忘れるな」

源左衛門の指示に従って、家士たちは死体を次々に屋敷に運び込んでから火をかけた。

源左衛門と武太夫、四郎右衛門は燃え上がる炎をぼう然と見つめた。

「わしはいまでもあれでよかったと思っているぞ。あれほどにしたから、その後、三家に逆らう者はいなくなり、殿ですら遠慮するようになったのだ」

源左衛門は杯を口に運んだ。武太夫はにやりと笑った。

「わしも同じ考えだ。しかし、わしらは家中を牛耳《ぎゅうじ》り続けなければならぬ。さもなくば、あのように寅太夫の家族を酷い目に遭わせたことが知れ渡り、ご親戚筋から報復されるであろうからな」

四郎右衛門はひややかに言い添えた。

「つまり、われらは一蓮托生、誰も裏切れぬということだ」

「わかったならば、澤井庄兵衛をいかにして葬《ほうむ》るか段取りを考えねばなるまい」

源左衛門が言うと武太夫と四郎右衛門はうなずいた。

「いかにもその通りだ」

「ぬかりなくやってのけねばなるまい」

二人の返事を聞いた源左衛門は満足げに酒を飲んだ。そして、

「澤井の屋敷に討ち入れば、江戸表まで密使となり、われらの目を晦《くら》ませた木暮半五郎なる者も立ち向かってくるであろうゆえ、楽しみなことだ」

四郎右衛門が、そう言えばあの男は〈抜かずの半五郎〉と呼ばれておるのだったな、と口にした。

「〈抜かずの半五郎〉とは何のことだ」

源左衛門が訊いた。

「なんでも亡くなった母親の遺言で無暗にひとを斬らぬよう刀を紐で縛っておるということらしい」

源左衛門は目を光らせた。

「小賢《こざか》しい男だ。それならば刀を抜かぬままあの世に逝《い》かせてやろう」

武太夫はくっくっと笑いながら、

「そう言えば澤井庄兵衛の家族はいかがするつもりだ」

と訊いた。

源左衛門は落ち着いて答える。

「寅太夫騒動のときと同じだ。死人に口なしとするのが、もっともよい」

そうか、死人に口なしか、と四郎右衛門はつぶやいた。

武太夫は源左衛門に顔を向けた。

「ところで、いつやるのだ」

「年が明けて三が日の内がよかろう。屠蘇《とそ》気分で備えも怠《おこた》っていようからな」

源左衛門は答えて、さらに言い添えた。

「彼奴《きゃつ》等にとっては血染めの正月になるというわけだ」

武太夫と四郎右衛門はうなずくばかりで何も言わない。源左衛門はさらに杯を重ねるのだった。

十九

志桜里は久しぶりに正月を船曳家で迎えた。

栄之進と寝所をともにしていないことを除けば、かつて船曳家に嫁《とつ》いできたころと何ら変わることのない正月は志桜里の心を安んじた。

ただ、三が日の内に、実家の澤井家を訪れたいと思っていたが、栄之進は苦い顔をして、

「武士の妻たる身が正月早々、実家に戻るなどたしなみのないことだ。松がとれてからでよかろう」

と言った。松がとれてからとは、十五日まで門松を飾る松の内だから、それを過ぎてから帰るようにということだ。

年始の客が多いならば、その通りなのだが、かつて嫁していたころから船曳家に年始客が訪れることはなく、栄之進が上司へ年賀の挨拶まわりで外出するだけだった。

一方、澤井家は三が日の間、年始客が引きも切らないのが毎年のことで、船曳家に戻る前に妹たちに年始客のもてなしようを詳しく言いおいてはきたが、大丈夫だったろうか、と気になった。

昨夜、夕餉のおりにそのことを話すと、栄之進は薄く笑った。

「さて、今年がいつも通りとは限らぬではないか。あるいは、わが屋敷同様に訪れる年始客もなく閑雅《かんが》に過ごしておられるかもしれぬぞ」

栄之進のどこか底意地の悪い言い方が気になった志桜里は、わざと、

「まさか、さようなことはございますまい」

と言ってみた。すると、栄之進は不機嫌な表情になった。

「まあ、そう思いたければ、思っておくことだな。それより、わたしは四月から江戸詰めになりそうだ。さよう、心得ておくように」

「江戸に行かれるのでございますか」

志桜里は目を瞠《みは》った。栄之進は箸《はし》を置いて、志桜里を見つめ、

「わたしだけではない。そなたも行くのだ」

と言葉を強めて言った。志桜里は驚いた。

「江戸定府の方ならばともかく、国許《くにもと》から江戸に赴《おもむ》かれる藩士が妻子を伴われることはめったにないと聞いておりますが」

「だが、例のないことではない。何より、わたしたちには子がおらぬ。江戸に出るのに不都合はあるまい」

「母上様のお世話はいかがされるのでございますか」

「女中たちがおるではないか。案じることはない」

栄之進はあっさりと言ってのけた。

「そのようなわけには――」

志桜里は憤《いきどお》りを感じて口をつぐんだ。

姑《しゅうとめ》の鈴代はしっかりした気性だけに栄之進に目が悪くなったことを気づかせないように振る舞っているが、近頃では屋敷の中を動くのにさえ志桜里の手を借りるようになっていた。

息子に心配をかけたくないという鈴代の母親としての気持ちを知るだけにあからさまに言うわけにはいかないが、女中まかせにはできないと志桜里は思っていた。

それと同時に、いまでこそ、寝所をともにせず、形ばかりの夫婦として過ごしているが江戸に出て藩邸での狭いお長屋暮らしになれば、そんなわがままも許されなくなるのは目に見えていた。

「わたくしは国許に残って母上様のお世話をいたしたいと存じておりますが」

志桜里が思い切って言うと栄之進は口元をゆがめてつめたい笑いを浮かべた。

「さように申すと思っておったぞ。しかし、いずれ、そなたのほうから江戸に連れていってくれと申すことになろう」

「なぜ、わたくしが江戸に行きたいと思うようになるのでございますか」

志桜里が首をかしげて訊《き》くと、栄之進は困惑したように目を伏せて、そのうちにわかる、と言って、ふたたび箸をとって食事を始めた。

栄之進が夕餉を取り終えると志桜里は膳を台所に持っていった後で、鈴代の部屋に茶を持っていった。

鈴代に茶を出した後、志桜里は、栄之進が四月から江戸詰めになるらしいと話した。鈴代は首をかしげて、

「それでは、柴垣様のお怒りはとけたと見えますね」

「そうなのでしょうか」

栄之進は柴垣四郎右衛門から咎《とが》められたことで御前試合に出ることを断念した。それによって四郎右衛門の怒りがとけたのだろうか。

もし、そうであったとしたら、栄之進はこれから却って三家に近づこうとするかもしれない。ひょっとすると江戸詰めになるのは、そのために四郎右衛門が仕組んだことではないのか。

志桜里はため息をついた。鈴代は茶碗を口に運びながら、

「志桜里殿は、二十年前の寅太夫騒動のことを覚えておいででしょうか」

と言った。志桜里は首をかしげる。

「なにやら、藩のご重役が上意討ちにあった騒動のように聞いておりますが、わたくしもまだ幼い娘のころですから、詳しいことは存じません」

「そうでしょうね。ですが、わたくしはよく覚えております。亡くなられた樋口寅太夫様の奥方であった勝子《かつこ》様とわたくしは屋敷が隣り合わせの幼馴染《おさななじみ》でしたから」

鈴代は昔を思い出す口振りで言った。

「さようだったのでございますか」

志桜里にとって初めて聞く話だった。

「樋口寅太夫様は上意討ちにあったということになっておりますが、まことは三家が私闘を仕掛けて寅太夫様を殺《あや》めたのだということです。しかも勝子様始め、寅太夫様のご家族が討ち入

りの際に起きた火事のため亡くなったとされていますが、三家によって女子供まで殺されたのだという噂がありました」

「まさか、そのようなことがまことにあったのでしょうか」

政敵を葬《ほうむ》るため、その家族まで皆殺しにするとは、あまりに酷《ひど》いではないか、と志桜里は胸を痛めた。

「三家が大きな力を持つようになったのは寅太夫騒動があってからのことです。三家に逆らえば、樋口家のように当主だけでなく、家族も殺されると恐れられたのです」

「さようでございましたか」

志桜里は大きくため息をついた。

それにしても父の庄兵衛はたとえ藩主頼近の後ろ盾があるとはいえ、三家に逆らうことがよくできたものだ、と思った。

そのことは半五郎にしても同じで澤井家に関わることで身の上に恐ろしいことが降りかからぬとも限らないとわかっていて、さりげなく寄り添っていてくれたのだ、とあらためて思った。

鈴代は眉根《まゆね》を曇《くも》らせて、

「栄之進が急に江戸詰めになることが決まったのが気にかかります。ひょっとしたら三家は澤井様の味方になるかもしれない者を国許から遠ざけようとしているのかもしれません」

とつぶやくように言った。志桜里は息を呑《の》んだ。

「それは三家が澤井の屋敷に討ち入るということでしょうか」

「御前試合で三家は思いがけない恥をかきました。このままでは家中での勢威に傷がつきます。何としてでも澤井様を葬ろうとするのではありますまいか」

鈴代の言う通りだと志桜里は思った。しかし、そうなれば、庄兵衛を守るのは新太郎と家士だけで、とても三家に太刀打《たちう》ちはできない。

隣家の半五郎が助太刀《すけだち》してくれるかもしれない。だが、志桜里には、刀を紐《ひも》で縛り、〈抜かずの半五郎〉と揶揄《やゆ》され、江戸へ密使として赴いた際にも刀を抜かなかった半五郎にいまさら斬《き》り合いをして欲しくないという思いがあった。

（半五郎殿が刀を抜かないのは、おすみの父親を斬ったことを悔いるやさしさからだ。そのやさしさを捨てさせたくない）

船曳家に戻った身であるからには、これから半五郎と関わりを持つことがないのは、わかっていたが、それでも半五郎には心に添った生き方をして欲しかった。

志桜里がそんなことを考えていると鈴代が口を開いた。

「もし、三家が澤井様を討ち取ろうとするようなことになったとき、栄之進殿はどうされるでしょうか」

志桜里は答えをためらったが、偽《いつわ》りを言うわけにもいかないと思って、

「そのために江戸詰めの話があったのかと存じます。栄之進様は澤井家の側には立たれぬおつもりかと存じます」

鈴代は悲しそうに訊いた。

「そのような栄之進殿をあなたはどのように思われますか」

志桜里は目を伏せて答えない。もともと、いったん不縁となった船曳家に恥をしのんで戻ったのは、栄之進が御前試合に出ることを約束してくれたからだった。そのことがかなえられず、さらに澤井家に危難が迫っても栄之進が動かないとすれば、何のために復縁したのかさえわからないと虚《むな》しくなった。

半五郎に心に添った生き方をしてもらいたいと願いながら、自分自身は心とかけ離れた生き方をしているではないかと思い、唇を嚙《か》んだ。

志桜里が答えられずにいると鈴代は言葉を継いだ。

「志桜里殿、ひとは苦難に遭ったとき本性があらわれると申します。苦難の際、そばに立ってくれるひとがともに生きることができるひとなのだろうと思います。されど、あなたには栄之進がそのような思いやりを持っているとは思えないのでしょうね」

鈴代はひと言、ひと言を確かめるように口にした。

「栄之進様のお心の裡はわたくしにはわかりませんから、何とも申し上げようがございません」

志桜里はなおもうつむいたまま言った。自分の息子が志桜里への思いやりがないのではないかと話す母親の心は辛《つら》いだろうと胸が痛んだ。

「栄之進の心は当人でなければわからないかもしれませんが、ご自分の心の裡はおわかりになるでしょう。かような苦難のおり、そばに立ってくれるひとがあなたにはいらっしゃいますか」

鈴代に問われて、志桜里は急いで頭を横に振った。

「さような方はおりません」

鈴代はしばらく黙ってから話を続けた。

「わたくしは生きていくうえでの苦難は、ともに生きていくひとを知るためのものではないかと思うのですよ」

「苦難はともに生きていくひとを知るためのものだと言われますか」

志桜里は顔を上げて鈴代を見つめた。鈴代はやさしく微笑《ほほえ》んでいる。

「女人はこう生きなければならないと思い込んで、こう生きたいという思いを抑えがちです。それが家や家族を守るためにもっとももよいことだと思うのでしょうが、時には素直におのれの思いに従って生きてもいいのではないでしょうか」

鈴代の言葉に耳を傾けていた志桜里は吐息をついた。

「さようにできればいいのでしょうが、わたしにはどうしてもそれができないように思います」

「それはあなたがやさしいからでしょう」

思いがけない鈴代の言葉に志桜里は息を吞んだ。半五郎が刀を抜かないのは、やさしいからだ、とついいいましがた、考えたばかりだった。

半五郎と自分は似ているのだろうか。そう言えば、庄兵衛が、

「木暮があの紐を断ち切るとき、そなたの心を縛る紐もほどけるのやもしれぬな」

と言ったことを思い出した。

半五郎が刀を抜き、自分が心の縛《いまし》めを解く、そんなことがあるのだろうか、と志桜里は胸の裡でつぶやいた。

鈴代が静かに言った。

「志桜里殿、どうやらあなたもわたくしも覚悟を定めねばならないときが参ったような気がいたします」

志桜里の胸は騒いだ。

二十

翌日——

半五郎は上役の急な呼び出しで正月三が日であるにもかかわらず登城《とじょう》した。勘定方の書類をあらためよ、というのだ。勘定方の御用部屋に入ると、すでに近習方だけでなく多くの藩士が出仕して、書類をあらためている。船曳栄之進が書類の山に埋もれるようにして熱心に帳簿をめくっている。その中に稲葉幸四郎の父、治左衛門の姿もあった。

治左衛門は日ごろ大坂や城下の商人たちとの折衝が主な仕事で勘定方の御用部屋に姿を見せることはなかった。

そんな治左衛門が懸命に書類をめくっている。

「稲葉様、おひさしぶりにございます」

半五郎は治左衛門のそばに寄って言った。小太りで髷《まげ》が白髪交じりの治左衛門は、じろりと半五郎を見た。

「木暮殿か、正月早々、とんだことだな」

「何事があったのでございますか」

半五郎が声を低めて訊くと、治左衛門はまわりに目を走らせてから、

「知らぬのか。伊関ご家老様より勘定方に不正の疑いがあるゆえ、この三年の帳簿をあらためよ、とのお達しがあったのだ。澤井様にはすでに閉門の命が下ったと聞いたぞ」

「なんと」

「伊関ご家老は、澤井様が商人から永年、賂《まいない》を受け取っていたと仰せになっておられる。澤井様を閉門に追い込み、その間に勘定方の書類を調べて賂を受け取った証拠を得ようということらしいな」

治左衛門に言われて、半五郎は栄之進の背中を見た。熱心に書類を見ているのは、志桜里の父である庄兵衛を罪に落とすためなのか、と思うと憤りが湧いた。

「澤井お奉行に限って不正などあるはずはございませんぞ」

半五郎は目を怒らせて言った。

「そんなことはわしもわかっておる。しかしご家老様の命がくだったからには、皆、何か不正らしきものを見つけ出して手柄にしようと必死だ。そのうち、針小棒大に言い募《つの》って澤井様を罪に落とそうとする者が出てくるであろう」

おのれ、と半五郎は歯噛みした。

御前試合で恥をかかされた三家が報復してくるだろうとは、思っていたが、正月からこれほ

どあからさまに仕掛けてくるとは想像していなかった。

治左衛門は半五郎をちらりと見た。

「お主がわしの倅《せがれ》の幸四郎を御前試合に引っ張り出したおかげで、わしまで三家に憎まれておる。澤井様が失脚すればわしもただではすまんのだぞ。そのことを忘れんでいてもらいたいな」

吐き捨てるように治左衛門に言われて半五郎は手をつかえ、深々と頭を下げて、

「申し訳ございませんでした」

と謝った。

その様を見て少し気がすんだのか、治左衛門は低い声で言い添えた。

「幸四郎はきょう、藩校に出てきておる。お主が登城したら話したいことがあると申しておった。行ってやれ」

半五郎は、わかりましてござる、と囁《ささや》くように言って治左衛門のそばを離れた。さらに厠《かわや》へ行く振りをして御用部屋を出た。

大廊下を通り、玄関から外へ出て別棟の藩校に向かった。藩校のうち、学問所の講義が行われる広間で幸四郎は目を閉じて端座していた。

広間に入った半五郎が、

――稲葉殿

と声をかけると、幸四郎は目を開いて立ち上がった。半五郎にすっと近づいた幸四郎は、

「容易ならぬ事態になりました」

と告げた。半五郎はうなずく。

「いま、勘定方は灰神楽《はいかぐら》が立つような騒ぎだ。澤井様が商人から賂を受け取っていた証拠をでっちあげようとしておる」

「それだけではありませんぞ。ただいま、書院の間で殿様を江戸家老の安納源左衛門様、筆頭国家老の伊関武太夫様、次席国家老、柴垣四郎右衛門様の三家が厳しく問い詰め、澤井様を切腹させるよう迫っているのです」

「殿にさようなことを強《し》いるとは、とんだ不忠者だな」

あきれたように半五郎は言った。幸四郎はさらに声をひそめた。

「どうやら三家は殿を問い詰めている間に家士たちを澤井屋敷に向かわせて、澤井様に詰め腹を切らせるつもりのようです」

「それは、まるで――」

半五郎の目が光った。

「さよう、寅太夫騒動と同じです」

幸四郎は真剣な眼差《まなざ》しを半五郎に向けた。

「こうしてはおられぬ」

半五郎はあわてて学問所から出ていこうとした。

庄兵衛の屋敷にはふたりの家士がおり、騒ぎになれば駆けつけてくる親戚もいるだろうが、三家の人数にはとても及ばない。

三家が討ち入れば、抗《あらが》うほどの力もないだろう。だとすると、庄兵衛は無駄な犠牲を増やさないために、あっさりと切腹してしまうかもしれない。

(何としても切腹は思い止《とど》まらせねば)

半五郎が急ごうとしたとき、幸四郎が呼び止めた。

「お待ちください。お話しいたしておかねばならないことがあります」

「何でしょうか」

半五郎は振り向いて幸四郎に顔を向けた。幸四郎は半五郎にさらに近づき、早口で言った。

「殿様が三家の申すことをはねのけられれば、澤井様は助かりますが、押し問答が続き、夜を明かすようなことになれば一大事です。三家は殿様を押し込め、新たな藩主を作り出そうとするでしょう」

「いかにもそんなところだろう」

半五郎は眉をひそめた。三家の狙いはわかっているが、城中の奥で行われていることには手の出しようがない。

「されど、明日は藩校の飯沼照庵《いいぬましょうあん》先生が殿様へ新年のご進講を行う日です。わたしは朝からご進講の支度《したく》を打ち合わせるため奥に入りますので、そのおりに様子をうかがい、できることなら三家の手から殿様を救出したいと思っております」

「そのようなことができるか」

「やらねば、澤井家だけでなく、わが家も取り潰《つぶ》しにあうかもしれません」

幸四郎はにこりと笑った。

「わかった。なにはともあれ、よろしく頼みますぞ」

半五郎は頭を下げて出ていきかけたが、戸口のところで振り向いて、

「稲葉殿に御前試合に出てもらって、まことによかった。何より里江殿の夫となられる方がかほどに頼もしいとは喜ばしい限りじゃ」

と朗《ほが》らかな声で言った。幸四郎は頭を下げて、

「わたしは、木暮様が志桜里様と結ばれて、義兄上《あにうえ》と呼ぶ日がくることを楽しみにいたしておりました」

と落ち着いた声で言った。

幸四郎に思いがけないことを言われた半五郎は、顔を赤くして、

「何を言われることやら」

とつぶやくと草履《ぞうり》を履《は》いて駆け出した。

城の玄関から上がった半五郎は、勘定方の御用部屋に行くと、書類を見ている栄之進の背中を押しのけるようにして前に出た。栄之進が腹立たし気《げ》に、

「何事だ」

と言うと、半五郎はにこりとした。

「申し上げねばならぬことがあるのだ」

半五郎は上役に向かって大仰な身振りで頭を下げ、

「それがし、急な腹痛のため、お務めがいたしかねます。下城いたしますゆえ、お許しください」

と言った。

「腹痛だと」

上役は疑わしそうな目で血色がいい半五郎の顔を見つめた。

さよう、腹痛でござる、と重ねて言った半五郎は、上役が沈黙しているのにも拘《かかわ》らず、

「お許し、ありがたく存ずる」

と叫ぶように言って、上役に止める暇も与えず、御用部屋から出ていった。

澤井屋敷では、閉門の命を受けて青竹を組んで門を閉ざしていた。

庄兵衛は白い裃《かみしも》姿で奥座敷に控《ひか》えていた。

上使が来て、切腹を申しつけられたら、ただちに腹を切るつもりだった。その後のことは新太郎に言い含めておいた。

庄兵衛は切腹することに、さほどためらいを感じていなかったが、藩主頼近が三家に迫られても切腹を命じなかった場合、三家の者たちが上意討ちと称して襲ってくることが気掛かりだった。

そのときは武門の意地にかけて戦わねばならないが、澤井屋敷の男は庄兵衛のほかに新太郎と、庄兵衛がもともと軽格だっただけに新井源蔵《あらいげんぞう》、佐野弥七《さのやしち》というふたりの家士がいるだけだった。

庄兵衛も寅太夫騒動のことはよく覚えている。

(あのおりは樋口寅太夫殿だけでなく家族までむごたらしく殺された)

あのような目にはあいたくないものだ、と庄兵衛は腹の底でつぶやいた。頼近が庄兵衛をかばって切腹の命を下さないでいるとしたら、却って迷惑というものだ、と庄兵衛は思っていた。

「いっそのこと、さっさと腹を切ってしまおうか」

庄兵衛は腹をそっとなでた。

すでに閉門の命は下っているのだ。そのことを理由に切腹してしまえば、少なくとも家族は助かるのではないだろうか。

そう考えるとそれが一番よい方法のように思えてきた。頼近と三家の対立の間で苦労させられるのにも飽き飽きした思いがあった。

「そのほうが、手っ取り早いか」

思わず庄兵衛がつぶやくと、縁側から、

「さような短気はいけませんぞ」

という男の声が聞こえてきた。

庄兵衛は苦い顔をして立ち上がると、障子を開け放った。中庭に半五郎が立っていた。頭に鉢巻を締め、白襷《しろだすき》をかけて袴の股立《ももだ》ちを取り、草鞋《わらじ》履《ば》きという姿だった。

「その恰好《かっこう》は何だ」

苦虫を嚙み潰したような顔で庄兵衛は訊いた。

「決まっておりましょう。籠城《ろうじょう》に備えての戦支度でござる」

半五郎は平然と答える。

「籠城だと？　誰が籠城するなどと申した」

庄兵衛はとんでもないことを聞いたという顔をした。

「言われずとも、それがしにはわかります。おそらく殿様は澤井様の切腹をお許しにはならぬでしょう。そのときは三家の兵がこの屋敷に押し寄せて参ります。こちらは戦う者が少ないのですから討って出るわけにはいかぬのです。籠城しかございますまい」

「さようなことをせずとも、わしが腹を切ればすべてがすむことだ」

庄兵衛がうんざりした顔で言うと、半五郎は声を高くした。

「それは短慮と申すものです。なるほど、澤井様が切腹されれば、三家が屋敷に討ち入ることはなくなるやもしれませんが、勘定奉行として賂を受け取ったという汚名はのこります。されば家は取り潰され、新太郎殿始めご家族はよくて領外への追放にございましょう。あるいは新太郎殿は切腹か遠島を申し渡されるかもしれませんぞ」

半五郎が説くと、庄兵衛はため息をついた。

「さようなことはわかっておるが、かといって、この屋敷に立て籠《こも》っておれば、三家が討ち入って参ろう。そうなればこの屋敷にいる者たちは皆殺しになるぞ」

「戦えばよいではございませんか」

「多勢に無勢だ。どうにもなるまい」

庄兵衛はあきらめたように言った。

「いや、三家はあくまで上意討ちの形をとろうとするはずです。だとすると、夜盗のごとく裏門やまわりの塀を乗り越えて討ち入るわけには参りません。あくまで表門を破ろうとするはずでござる。されば籠城戦と同じことでござる。門に上り、近づく者たちに矢を射かけて時を稼ぎましょう」

「矢はいずれ尽きるぞ。それにいくら籠城しても援軍が来るわけではない。日延べしたからといって、どうなるのだ」

庄兵衛は言い捨てると座敷に戻って座った。半五郎は膝をついて縁側に上がった。座敷の庄兵衛に呼びかけた。

「されば、稲葉幸四郎殿が明日の朝には城中の奥に入り、三家の手から殿様を救出する段取りになっております。今宵《こよい》、ひと晩を持ちこたえれば、殿が三家の手を逃れて不忠の臣どもを成敗なさいましょう。それまでの辛抱でござる」

「あてにならぬ話だ」

庄兵衛はつまらなさそうに言った。

「澤井様が切腹をして、三家がそれで手をゆるめることを願うほうがあてにならぬ話ですぞ」

庄兵衛はもはや答えなかった。しかし、

「父上、木暮様のおっしゃる通りだとわたしも思います」

と隣の部屋から声がした。庄兵衛が振り向いて見ると、襖《ふすま》が開いた。

新太郎と里江、よし、つるが座り、その後ろに女中のすみも控えていた。

「なんだ、そなたたちはさようなところにいたのか。部屋に控えておれ、と申しつけたはずだぞ」

庄兵衛に叱《しか》り付けられても、新太郎はひるまなかった。

「木暮様と同様、わたしたちも父上が早まって腹を召されるのではないかと心配だったのです」

「新太郎、そなたは親の言うことが聞けぬと申すのか」

庄兵衛は厳しい目で新太郎を見つめた。すると、里江が口を開いた。

「新太郎殿だけではありません。わたくしどもや、女中のすみ、家士の新井と佐野も心配いたしております」

庄兵衛は不機嫌そうに口をへの字に結んだ。

「女子供が口を出すことではない。下がっておれ」

里江は膝を乗り出した。

「いいえ、木暮様のお話では稲葉幸四郎様が殿様を三家の手から助け出そうといたされておるとのことでございます。稲葉様はわたくしの夫となられるお方です。夫がなそうとしていることを無にせぬのは妻の道かと心得ます。それゆえ、女子供であろうとも、何も言わぬわけには参りません」

よしとつるも口々に言った。

「わたしもさように存じます」

「父上、お腹を召されてはなりませぬ」

庄兵衛は眉をひそめて半五郎を見た。

「木暮、お主が隣屋敷に来てから、わが家の女子どもが口うるそうなった気がする。なんぞ、知恵をつけたか」

「決してさようなことはございません。新太郎殿始め、皆様、澤井様のご気性によう似ておられるだけのことでございます」

「なんだと」

庄兵衛は半五郎を睨《にら》みつけた。

「なぜかと申せば、わが藩で逆らう者とてない三家に澤井様は異を唱えてこられた。殿様のご信任あってのこととはいえ、なかなかできることではございません。なぜかようなことがおできになったのでござるか」

半五郎はうかがうように庄兵衛を見た。

「それはわが信じるところに従ってきただけのことだ」

庄兵衛がさりげなく言うと、半五郎は膝を叩いてうなずいた。

「されば新太郎殿やお嬢様方も信じるところに従ったまでではございませんか」

庄兵衛は目を閉じて考え込んだが、しばらくして瞼《まぶた》を上げた。

「わかった。わが信じるところは、枉《ま》げられぬ。籠城いたして三家を迎え撃とう」

きっぱりと庄兵衛が言うと新太郎や里江たちは、

——はい
と声をそろえて応じた。すみは袖《そで》で顔を覆《おお》い、泣き出した。

半五郎は、声を張り上げて新井源蔵と佐野弥七を呼んだ。

籠城の備えをするためだった。

二十一

城中の黒書院の間では、頼近と安納源左衛門、伊関武太夫、柴垣四郎右衛門が睨みあっていた。

頼近はうんざりしたように、

「その方ら、もはやたいがいにせぬか。澤井庄兵衛には閉門を申しつけた。明日には勘定奉行の職も解く。そなたたちの邪魔者はいなくなるのだ。それで、よしとせぬか」

と言った。

安納源左衛門は、薄く笑いを浮かべて頭を横に振った。

「それでは蛇の生殺しにございます。澤井庄兵衛は生きてあるかぎり、また邪《よこしま》なることを企《たくら》みましょう。ここは何としても切腹をお命じになられてくださいませ」

源左衛門の言葉に伊関武太夫と柴垣四郎右衛門もうなずく。

「邪なるたくらみと申すが、わしから見れば、そなたらの方がよほどに邪に見えるがのう」

頼近が吐き捨てるように言うと。武太夫が膝を乗り出した。

「これは異なことを承《うけたまわ》ります。われらは忠義第一に努めおりますが、それが邪であるとはいかなることでございましょうか」

頼近は顔をそむけた。

「戯言《ざれごと》じゃ。気にするほどのことではなかろう」

四郎右衛門が咳払《せきばら》いして口を開く。

「いや、ただいまのお言葉、戯言とは聞こえませなんだ。殿はまさしくわれらを邪と思われているご様子。これは、まことにわれらの不徳のいたすところにてお詫《わ》び申し上げねばなりません」

四郎右衛門がわざとらしく頭を下げると、源左衛門は軽く笑った。

「柴垣殿はさように四角四面に受け取ることもあるまい。殿が戯言と言われるからには戯言に違いない。しかし、気になることがあるのう」

源左衛門が謎をかけるように言うと、武太夫がさりげなく応じた。

「安納殿、何が気になるのでござる」

源左衛門は鋭い目で頼近を見据えつつ言った。

「われらは先ほどより、勘定奉行澤井庄兵衛に不正の疑いがあると、殿に申し上げておる。かように重大な話のおりに、戯言を申されるとはどうしたことであろうか」

四郎右衛門は膝をぽんと叩いた。

「まことにさようでござる。かかる大事のおり、戯言を申されるとはおかしなお振る舞いですな」

四郎右衛門の言葉に武太夫も応じた。

「そうじゃ。まことに奇怪である。よもや、殿にはご乱心めされたのであろうか」

「賢明なる殿がまさか、さようなことはあるまい。ご乱心ということになれば、われらは殿を押し込め参らせ、新たな殿をお迎えいたさねばならなくなる。さようなことはいたしたくないではないか」

源左衛門はひややかに言い放った。

頼近は苦笑した。

「なるほど、これ以上、わしが言うことを聞かねば押し込めるぞというわけか。そのほうらの申すことはようわかった。されば、わしも少し考えたい。この話は明日、続けていたすことにしよう」

言い捨てて、頼近が立ち上がろうとすると、源左衛門は手で制した。

「お待ちください。家臣の不祥事をいかに処罰いたすかの決断が遅れては家中への示しがつきません。何としても今日中にお指図《さしず》を仰《あお》ぎたく存じます」

「なんだと。澤井に切腹を命じるまでわしを放さぬというつもりか」

頼近は源左衛門を睨み据えた。源左衛門は不敵な笑みを浮かべて頼近を睨み返す。

「御家の大事ゆえ、一刻の猶予《ゆうよ》もなりませぬ」

「わしがどうしても切腹を命じぬと言ったらどうするのだ」

頼近は源左衛門ら三人の重臣の顔を見まわしながら言った。源左衛門は、ため息をついて、

「さて、それでも同じことでございましょう」

とつぶやいた。

「どういうことだ」

頼近が鋭く質《ただ》すと、武太夫が笑いながら答える。

「殿がお命じにならなくとも、われら重臣一同にて上意討ちを命じることはできるということでございます」

「わしが命じずとも上意討ちができるとは異なことを申す」

頼近は歯ぎしりして言った。

四郎右衛門は首をかしげて訊いた。

「殿は樋口寅太夫を上意討ちされたことをお忘れでございますか。わが藩での上意討ちとはすなわち、あのようなものでございます」

頼近の顔が蒼白《そうはく》になった。

「寅太夫騒動か――」

さようにございます、と言いながら源左衛門は武太夫を振り向いた。

「さて、此度《こたび》の上意討ちは誰に命じたものであろうかな」

武太夫は首をひねってから、手を打ち合わせて言った。

「されば、人手を煩《わずら》わすのもいかがかと思うゆえ、われらの嫡男に手勢を率《ひき》いさせて上意討ちをさせてはいかがであろうか」

四郎右衛門が深々とうなずいて応じる。

「なるほど、それがよいかもしれませんな。なにせ、御前試合にてわが家の嫡男小太郎と安納家の新右衛門殿と伊関家の弥一郎殿は澤井家の嫡男新太郎と庄兵衛に味方する者に散々に打ち破られたのですからな」

源左衛門は、はは、と笑った。

「あれはあくまで御前試合でのこと、まことの力量は戦場でなければわかるまい。ということは、此度の上意討ちは、実戦での御前試合ということになるかもしれませんな」

頼近は目を閉じて黙したまま何も言わない。

源左衛門と武太夫、四郎右衛門はそんな頼近をつめたい目で見据えた。


そのころ、澤井屋敷では半五郎の指図で門の裏側に庭石や木材を積み上げていた。さらに屋敷に備えられていた弓矢を新井源蔵と佐野弥七に持たせた。

「よいか、わたしの指図で射かけよ。何も命を奪うことはない、動きを止めさえすればよいのだ」

新太郎には槍《やり》を持たせ、

「屋敷内に入った者だけを突きなされ。武家の屋敷に踏み込むからには、相手にも覚悟があろうゆえ、遠慮はいりませぬぞ」

と言った。

さらに、里江やよし、つるを呼んで告げた。

「戦いになれば手傷を負う者も出ます。こちらは人数が少ないゆえ、怪我人の手当ては素早くせねばなりません。その用意をしてくだされ」

里江たちは傷を洗う焼酎や油薬、白い布などを屋敷中から集め始めた。半五郎はすみには、

「何としても今夜、ひと晩を持ちこたえねばならん。そのためには兵糧が欠かせぬ。握り飯と味噌汁をたんと用意してくれ」

と言った。

すみは、はい、と答えて頭を下げると台所に行きかけたが、ふと、立ち止まった。振り向いて真剣な表情で、

「今日の木暮様は、わたしと母ちゃんを助けようとしてくれた、あのときのお顔をしていらっしゃいます。わたしは木暮様に助けられたからいまも生きているのです。そのことは忘れたことがありません」

と言って頭を下げると、背中を向けて台所に走っていった。

半五郎は何とも言えない表情になり、

「そうか、わたしはおすみを助けたのか」

とつぶやいた。

白い裃姿のまま縁側に座して半五郎の指示を見守っていた庄兵衛が、

「ひとはおのれの真心をもってしたことで、いつかどこかで報われるようだな」

と言った。半五郎ははっとして顔をそむけた。

「さて、そうでしょうか。許されぬ者はどこまでいっても許されぬのではありますまいか」

庄兵衛は、はは、と笑った。

「お主はどこまでいっても頑固《がんこ》だな」

庄兵衛が言い終わらぬうちに、

「頑固者がもうひとり参りましたが、よろしゅうございましょうか」

という女の声がした。

半五郎と庄兵衛が振り向くと志桜里が立っていた。

「志桜里殿――」

半五郎は目を瞠った。

「いかがしたのじゃ。かようなときに」

庄兵衛が驚いて訊くと、志桜里は笑って答えた。

「かようなときだからこそ、参ったのです。船曳の母上が、おそらく上意討ちがあるのではないか。父上をお助けするように、と言ってくださいました」

「それはならぬ。船曳家に迷惑がかかることだ。すぐに戻りなさい」

庄兵衛はあわてて言った。志桜里はゆっくりと頭を横に振る。

「船曳の母上のお言いつけでございます。姑の命に従うのは嫁の務めでございますから、戻るわけには参りません」

きっぱりとした志桜里の言葉に庄兵衛は息を呑んだ。

「何ということだ」

庄兵衛がため息まじりに言うと、志桜里は半五郎を振り向いた。

「木暮様、足手まといにはならぬつもりでございます。わたくしもここにいてよろしゅうございますね」

半五郎は、ううむ、とうなって何も言えない。

その時、門の屋根に上っていた新太郎が叫んだ。

「来ました。三家の手勢と思《おぼ》しき者たち、五、六十人がこちらへ向かってやってきます」

半五郎はおお、そうか、とうなずいて門に駆け寄り、するすると屋根まで上った。

たしかに襷掛け姿も物々しい武士たちが澤井屋敷に向かって歩いてくる。先頭を進んでくるのは、どうやら三家の嫡男のようだった。

「皆、備えよ」

半五郎は怒鳴《どな》るなり、屋根から飛び降りると、庄兵衛に近づいた。

「もはや、戦いは避けられません。お下知をいただきたく存じます」

庄兵衛はうなずいた。

「わかった。われらは三家の力に屈しはせぬ。最後のひとりになるまで戦うぞ」

半五郎は白い歯を見せてにこりとすると刀の柄《つか》に手をかけた。

「〈抜かずの半五郎〉がとうとう刀を抜くのか」

庄兵衛は嘆じるように言った。

「武士にございますれば」

半五郎は柄に手をかけると、浅黄紐《あさぎひも》はほどかず、そのまま力まかせに引きちぎろうとした。

それを見た志桜里が、

「お待ちくださいませ」

と声をかけた。

「何でござろう」

半五郎は怪訝《けげん》な顔をした。

志桜里は半五郎の刀を結んだ浅黄紐を見つめて、

「その紐は母上様が木暮様のことを思い、結ばれたものとうかがっております。引きちぎるなどなさってはなりません」

と言った。

「ああ、さようであった」

半五郎が紐をほどこうとするのを志桜里は止めた。

「わたくしがいたします」

志桜里は跪《ひざまず》くと半五郎の刀を、結ぶ紐をゆっくりといとおしげにほどいていった。

「かたじけない」

半五郎は頭を下げた。

志桜里は膝をつき、浅黄紐を手にしたまま、半五郎を見上げた。

「わたくしどもの命、木暮様にお預けいたします。ご武運をお祈りいたします」

志桜里の思いが籠った言葉を聞いて、半五郎は、

——おおっ
と答えるなり、刀を抜き放った。

二十二

「木暮様――」

新太郎が叫んだ。半五郎はうなずくと、志桜里に微笑《ほほえ》みかけて刀を鞘《さや》に納めた。

「できれば、この刀に血を吸わせたくはございませんが、そうは参りますまい。ただ、この木暮半五郎は、志桜里殿を必ずやお守りいたす」

半五郎の言葉を聞いて庄兵衛はむっつりとした表情になった。

「志桜里のことだけを守るのか。わしらはどうなってもよいのか」

半五郎は、ははは、と声をあげて笑った。

「無論のこと、皆様ひとり残らずお守りいたす所存でござる」

きっぱりと言い置いて半五郎は門へ走り寄った。門の屋根に上っている新太郎に声をかけた。

「どうだ。三家の手勢は門を破る支度をいたしておるか」

「いいえ、どうやら伊関弥一郎様と安納新右衛門様、柴垣小太郎様の三人がこちらに向かってこられます。何事か、告げられるのではないでしょうか」

「ほう、それは面白い。時が稼《かせ》げるやもしれぬな」

半五郎は積み上げていた材木に手をかけ、すらすらと築地塀《ついじべい》に上った。そして伊関弥一郎と安納新右衛門、柴垣小太郎が近づいてくるのを見ると、大胆にもひらりと外へ飛び降りた。

青竹が十字に組まれた門の前に半五郎が立つと弥一郎と新右衛門、小太郎はぎょっとしたように立ち止まった。色白で長身の弥一郎が顔に朱をそそいで甲高い声を上げた。

「木暮半五郎、何をいたしておる」

「ご覧の通り、門前に立っておるだけでござる」

半五郎は平然と言ってのけた。小柄で目つきが鋭く敏捷《びんしょう》そうな新右衛門が半五郎を睨《にら》みつけて口を開いた。

「澤井家は閉門を言い渡されておる。さような屋敷に出入りするのは藩の御定法《ごじょうほう》を破ることになるぞ」

笑って半五郎は答える。

「それがしは道にたっておるだけのことですぞ。なにゆえ御定法を破ったことになるのでござろうか」

小太郎がいきりたった。

「嘘をつくな、たったいま、屋敷の塀を越えて出てきたではないか。わたしはこの目でしかと見たぞ」

「それはよい目をお持ちだ。うらやましゅうござる。されど、それがし、さようなことは覚えておりませぬ」

「なんだと、とぼけるつもりか」

新右衛門はかっとなって刀の柄《つか》に手をかけた。それを見た半五郎は怒鳴った。

「たとえ閉門中とは申せ、他家の門前にて刀に手をかけるとは穏やかではありませんぞ。お覚悟あってのことでございましょうな」

弥一郎が進み出た。

「黙れ、もともとわれらは澤井庄兵衛を上意討ちに参ったのだ。刀に手をかけるのは、当然のことである」

傲然《ごうぜん》とした弥一郎の言葉を聞いて半五郎はせせら笑った。

「これは異なことを承《うけたまわ》る。ただいま三家の方々は城中で殿に澤井様への切腹申しつけを迫られておるのではござらぬか。それなのに、上意を称するは怪しゅうござる。上意討ちの下達《かたつ》状《じょう》をお持ちならば見せていただこうか」

半五郎が前に進み出ると、弥一郎の顔がこわばった。すると、新右衛門が、

「伊関殿、もはやかような男との問答は無用でござる。すぐに屋敷に踏み込みましょうぞ」

と言った。半五郎の目が光った。

「はて、下達状もなく、屋敷に踏み込むとは穏やかではありませんな。さような振る舞いは夜盗の類《たぐい》と変わりませんぞ。もし、さような乱暴を働かれるというのなら、それがしも隣家のよしみにて、澤井様に助太刀いたしますぞ」

弥一郎がせせら笑った。

「〈抜かずの半五郎〉が助太刀とは笑止な」

半五郎は大刀を鞘ごと抜いて弥一郎の顔に突きつけた。

「ご覧の通り、浅黄紐《あさぎひも》の封印は解いてございます。御前試合ではお見せしなかったが、それがしの真剣での手並みをお目にかけてもようござるぞ」

たしかに先日まで柄と鞘を結んでいた紐が解かれているのを見て弥一郎は青ざめた。御前試合で立ち合って、半五郎の腕前は身に染《し》みて知っていた。

弥一郎がじりじりと後退《あとじさ》ると新右衛門と小太郎も刀に手をかけたまま退《ひ》き始めた。

半五郎は皮肉な笑みを浮かべた。

「いかがされた。もはや、あきらめて引き揚げられるか」

弥一郎がひややかに言った。

「城中より、新たなお沙汰《さた》があるのを待つのだ。新たな加勢も来ようほどに逃げ出すならばいまのうちだぞ」

「なるほど、そこもとらも時を稼がれるか」

感心したように半五郎は言った。弥一郎は新右衛門と小太郎をうながして家士たちのところへ駆け戻った。

半五郎は弥一郎たちの動きを見定めてから、門に戻り、

「梯子《はしご》を頼む」

と声をかけた。家士の新井源蔵が、こちらに、と言いながら築地塀の上から梯子を下ろした。

半五郎は梯子を上って築地塀を越え、敷地内に降り立った。

「大丈夫でございましたか」

駆け寄った志桜里に半五郎は真面目な顔で言った。

「志桜里殿、奴らは時を稼ぐつもりのようです。その間にわれらも軍略を練らねばなりませんぞ」

志桜里がうなずくと、半五郎は源蔵に、

「しばらく見張っていてくれ」

と声をかけた。

「承りました」

源蔵は弓矢を手にするすると門の屋根に上った。源蔵の様子を見定めた半五郎はもうひとり

の家士佐野弥七に、澤井家の家族と女中のすみを玄関に呼んでくるよう言いつけた。

半五郎は志桜里と新太郎とともに玄関に行った。庄兵衛は玄関の式台で煙管《キセル》で煙草《たばこ》を吸いつつ端座していた。

半五郎は玄関先に立って、

「今後、この屋敷は戦場になり申す。土足で上がることをお許しくだされ」

と言って草鞋《わらじ》履《ば》きのまま式台に上がった。庄兵衛はそんな半五郎をちらりと見ただけで何も言わない。

里江とよし、つるがすみとともに玄関に出てきた。半五郎は皆を円陣を組むように丸く座らせた。そして真ん中に懐《ふところ》から取り出した紙を置いた。

澤井屋敷の見取り図だった。

「おのれ、いつの間にかようなものを。油断のならぬ男だ」

庄兵衛がうめくように言った。半五郎は平気な顔で見取り図を指差しつつ話し始めた。

「奴らはおそらく、しばらくは城から上意討ちの許しが出たという報《しら》せを待つつもりでしょう。そしてお許しが出なくとも日が落ちるのを待って夜討ちを仕掛けてくると思われます」

「夜討ちまで、はたして待つであろうか」

庄兵衛は首をかしげた。

「東西の両脇はそれがしと御納戸役《おなんどやく》田崎甚内《たさきじんない》殿の屋敷ゆえ、三家とて踏み込んで横合いからこの屋敷に討ち入ることはできかねます。されば表と裏の南北の門を防げばよいことになります」

庄兵衛はふんと鼻で嗤《わら》った。

「表と裏だけと申しても、この屋敷に籠《こも》る男はわしを入れてもわずかに五人だ。二か所も防ぐことはできまい」

「されば志桜里殿たちにお手伝いいただきたいのでござる」

半五郎は志桜里の顔を見た。志桜里はにこりとしてうなずいた。

「何なりと」

「では、卵の殻《から》や紙包みに灰と唐辛子を詰めて〈目つぶし〉をたくさん作っていただきたい」

「〈目つぶし〉を――」

志桜里は目を瞠《みは》った。

「さよう。おそらく三家の手勢は夜を待って梯子を用意していっせいに塀を乗り越えてくるでしょう。裏門では里江殿、よし殿、つる殿、それにすみにも〈目つぶし〉を投げていただき、敵がひるんだところに佐野が矢を射かけます。しかし、それでも入り込む者はいるでしょうから、そのときは――」

半五郎は言葉を切って志桜里を見つめた。

「志桜里殿には薙刀《なぎなた》の心得がおありだと見ましたが、違いますかな」

「竹内流《たけのうち》を学びましてございます」

志桜里はやや顔を赤くして答えた。

竹内流は美作国《みまさかのくに》出身の竹内中務大輔久盛《なかつかさだゆうひさもり》が開祖といわれ、実子の久勝《ひさかつ》が諸国を遊歴して真剣勝負を行い、剣術だけでなく小具足、槍術、薙刀、棒術などを修行した。

文禄元年に関白豊臣秀次《とよとみひでつぐ》から常陸介《ひたちのすけ》に任じられ、元和六年には後水尾《ごみずのお》天皇に流儀を披露して、

――日下捕手開山《ひのしたとりてかいざん》
の綸旨《りんじ》を賜《たまわ》った。

志桜里は竹内流薙刀の名手として知られた祖母から稽古をつけられていたが、船曳家に嫁《か》してからは薙刀を手にすることも憚《はばか》るようになっていた。

「ならば裏門にて押し入ってくる者があれば、薙刀にて防がれよ。三家は寅太夫騒動のおりには女子供であれ、容赦なく殺しました。屋敷にいる者には皆、戦ってもらいます。よろしゅうござるか」

半五郎に訊《き》かれて志桜里は大きく頭を縦に振った。

「ご念には及びません」

半五郎は志桜里の返事を満足げに聞くと、さて、表の守りでございますが、と話を続けた。

「門の屋根から新井源蔵に矢を射てもらうが、〈目つぶし〉は欲しいゆえ、すみに表にまわってもらおうか」

いきなり、名指しされてすみは目を丸くした。半五郎はすみを見据えて、

「すみは新太郎殿のそばにいて、押し入ってきた者に〈目つぶし〉を投じよ。新太郎殿とともに戦うのだ」

新太郎とともに戦うという言葉を聞いてすみは頰を紅潮させ、はい、と言いながら何度もうなずいた。新太郎も目を輝かせて、

「すみ、頼むぞ」

と言った。その様子を見て庄兵衛は、えへん、と咳払いした。

「何もすみが表で戦うことはあるまい。〈目つぶし〉ならわしも投じることができるぞ」

半五郎は感心しないというように頭を大きく横に振った。

「何を仰《おお》せになりますか。澤井様はいわばわれらの大将でござる。大将自ら〈目つぶし〉を投げるなど武家の作法にはございませんぞ」

庄兵衛は苦い顔になった。

「しかし、新太郎はわが家の嫡男だ。すみには悪いが、女中とともに戦うというのはいかがな

ものか」

すみが悲しげに顔を伏せると、半五郎は声を大きくした。

「澤井様、ただいまは三家との戦《いくさ》の真っ最中でござるぞ。戦える者は皆、戦うだけのことでござる。誰と誰がともに戦うなどは些事《さじ》でござる。さようなことはお捨て置きくだされ」

きっぱりと半五郎に言われて、庄兵衛はううむ、と黙り込んだ。すみがほっとした顔になり、つるとよしが顔を見合わせておかしそうに笑った。

半五郎は里江に顔を向けた。

「里江殿、明日の朝になれば稲葉幸四郎殿が殿を三家から救出いたしてくれましょう。戦っているのは、ここにいる者だけではございません。稲葉殿も里江殿のために戦っておられることをお忘れなきよう」

里江は目を輝かせて、はい、と言った。半五郎は皆を見まわしてから、

「勝負は今宵《こよい》、ひと晩。明日になれば稲葉殿が何とかしてくれよう。今夜を持ちこたえればわれらの勝ちでござるぞ」

皆がうなずくと、半五郎は身を乗り出して、

「三家の横暴の犠牲となって死ぬなど、まっぴら御免でござる。かかる理不尽にわれらは負けぬ。生き抜きますぞ」

と凛々《りんりん》と言い放つ。志桜里始め、澤井家の面々は、
――おう
と答えた。

二十三

このころ城中の勘定方、御用部屋では船曳栄之進たちが、庄兵衛が賂《まいない》を受け取った証拠だという書類を文机《ふづくえ》に積み上げていた。

かたわらで、それを見ていた稲葉治左衛門は皮肉な口調で言った。

「さて、さて、ようもそれだけの書類をそろえたものだな。賂の証《あかし》など本来、残らぬはずだが」

栄之進は得意げに答える。

「さようではございますが城下の商人からの物品の買い上げや普請に際しての大工、左官などの用い方、材木の購入などの動きを克明に調べれば、おのずから浮かび上がってくるものがあります。もはや、澤井様の罪状は明らかでございます」

治左衛門はまじまじと栄之進を見つめた。

「そこもとが澤井殿の息女と復縁したと聞いて、三家を恐れず、豪胆なものだと思ったが、つまるところ三家に媚《こ》び、澤井殿を裏切ったというわけか」

栄之進はむっとして治左衛門を睨んだ。

「いまのお言葉は聞き捨てなりませんな。それがしはたしかに澤井様の娘と復縁いたしましたが、それは私事でござる。ご家老の命に従い、お務めを果たすことと関わりはござらん。私事を顧《かえり》みずにご奉公いたしておることを謗《そし》られては心外でございますぞ」

治左衛門はひややかな表情になって軽く頭を下げた。

「まことにさようだな。わしの心得違いであった。許されよ」

栄之進はなおも治左衛門を睨みつけていたが、やおら、

「しからば、それがし下城いたすゆえ、御免――」

と告げて立ち上がった。御用部屋を出ていく栄之進の後ろ姿を治左衛門は憐《あわ》れむように見送った。

栄之進と入れ替わるようにして御用部屋に稲葉幸四郎が入ってきた。幸四郎は勘定方のひとびとに頭を下げてから治左衛門の傍《かたわ》らに座った。

まわりのひとびとの様子をさりげなくうかがった幸四郎は治左衛門の耳元に顔を寄せ、囁《ささや》くように言った。

「父上、わたしは今宵、藩校に留まります。明日の朝、わたしは飯沼照庵先生のご進講の支度を打ち合わせるため、奥に入ります。もし、殿がそのときまで三家に押し込められておられたら、お助けいたす所存です」

治左衛門の目が光った。

「三家から殿を奪い返すつもりなのか」

「はい、おそらくただいま、澤井家は三家の手勢に取り囲まれておりましょう。このままいけば、寅太夫騒動の再来で澤井家の方々は皆殺しとなりましょう。それを助けるには、殿を三家の手から逃がすしかございません」

幸四郎は淡々と言った。

「ふむ、それは澤井家の里江殿を助けたいということか」

治左衛門は幸四郎の顔を覗《のぞ》き込んだ。幸四郎は微笑んで答える。

「さようでございます」

「そうか、船曳栄之進は、復縁した妻の父である澤井様を陥《おとしい》れる書類をせっせと探し出し、三家の覚えをめでたくして生き延びようとしておる。そなたは、妻にと望む女人のために命がけの危ない橋を渡ろうというのか」

「いけませぬか」

幸四郎は治左衛門をうかがい見た。治左衛門は苦笑した。

「いや、よいことだ」

「その言葉を承って安堵《あんど》いたしました」

幸四郎は頭を下げた。治左衛門は声を低める。

「しかし、そなたが、三家と正面切って戦うならば、わしも何もせぬというわけにはいかぬ。今夜、わしも城中に留まり、明朝、そなたとともに奥に入ろう」

「父上も来ていただけますか」

「息子がすることを放ってはおけまい。それに、奥詰めの者たちは殿になかなか近づかせぬ。だが、わしがおれば何とかなろうゆえな」

「ありがとうございます」

幸四郎は嬉しげに、また頭を下げた。治左衛門は腕を組んで、

「しかし、それもこれも澤井家が今夜を持ちこたえてこそのことだ。いかに殿を助け出しても、その前に澤井様始め一家のひとたちが殺されてしまっては何にもならぬ」

と言った。

「ご案じなさいますな。澤井屋敷には木暮半五郎殿が参っておられます。木暮殿は何としても澤井家の方たちを守り抜かれましょう」

「だが、あの男は〈抜かずの半五郎〉であろう。刀を抜かずに三家の襲撃はしのげまい」

治左衛門は懸念する表情になった。

「いや、抜かねばならぬと思い定めたときには抜かれる方でございます」

「ほう、木暮が刀を抜くのはいかようなる時なのだ」

「さて、それは秘するが花でございましょう」

幸四郎はふふ、と笑った。

「そうか、それにしても澤井屋敷がひと晩もてばよいのだがな」

治左衛門はつぶやいた。

「さようでございます。もっとも、それもわたしたちが殿を助けられたらのことでございますから」

眉をひそめて幸四郎は言った。


下城して屋敷に戻った栄之進は日ごろ、玄関まで出迎える志桜里の姿が見えないことを訝《いぶか》しく思った。女中たちに訊いても、

「奥方様はお出かけでございます」

と答えるだけで、どこに行ったのかはわからない。まさか、と思いつつ、裃《かみしも》姿から着替え

た栄之進は奥へ行った。

鈴代の部屋の前に立った栄之進は、

——母上
と声をかけて襖《ふすま》を開けた。鈴代は香を聞いていたらしく、かぐわしい匂《にお》いが部屋に満ちていた。

「何をあわてておられるのです」

鈴代は静かに言った。栄之進は鈴代の前に座って、苛立《いらだ》たしげに口を開いた。

「志桜里が他出したそうです。夫の留守中に妻が屋敷を留守にするとは不届きではありませんか」

「志桜里殿の外出はわたくしが許しました」

「母上が——」

栄之進はあっけにとられた。

「なにやら、澤井様のお屋敷では困ったことがおありのようでしたから、嫁《とつ》いだとはいえ、実家の難事を見過ごしにさせてはならぬと思ったのです」

「しかし、いま澤井屋敷は——」

栄之進は青ざめた。

「三家の手勢に取り囲まれているのでしょう。寅太夫騒動が繰り返されることになるかもしれません。恐ろしいことです」

「母上は、さようなところに志桜里をお戻しになったのですぞ」

栄之進は恨《うら》めしげに言った。

「さようです。命が惜しければ戻らないほうがいいでしょう。しかし、志桜里殿はさようなひとではありません。たとえ、命が危うかろうとも、大切なものを守ろうとするでしょう」

「大切なものとは何ですか。嫁したるからには、この家こそが志桜里の家でござる。出てきた実家を守るのは女子の務めではございますまい」

「何を守るかは女子自身が決めることなのです」

鈴代は毅然《きぜん》として言ってのけた。

「女子自身が決めるですと、さようなことは許せませんぞ」

栄之進は憤然とした。鈴代が憐れむように答える。

「たとえ許されなくとも女子は自らが信じることをなします。此度《こたび》、三家がなしておることは不忠の振る舞いです。忠義を捨て、不忠に加担することに何の義がありましょうか。女子は義のある道を歩むものです」

「さようなことは男にまかせておけばよいのです」

栄之進が声を高くすると、鈴代はほほ、と笑った。

「ならば、いまから澤井屋敷に赴《おもむ》き、志桜里殿を連れ戻しておいでなさい。三家が囲んだ屋敷から志桜里殿を連れ出すのは三家に逆らうこととなりましょう。あなたにそれができますか」

できますとも、と言って腰を浮かしかけた栄之進は顔をしかめ、立ち上がることができずにふたたび座った。

鈴代は膝前に置いていた青磁の香炉を手にしてゆっくりと香を聞いた。

「あなたには志桜里殿を救うことはできません。それでよいのです。志桜里殿を救うのは違うひとの役目なのでしょうから」

「母上、何を仰せになります。志桜里はわたしの妻ですぞ。わたしのほかに救える者はおりませんぞ」

「そうでしょうか。わたくしはそうは思いません」

「なぜさようなことを思われるのです」

栄之進は悔《くや》しげに自分の膝を叩いた。

「わたくしは近頃、目がよく見えなくなりました。それだけにひとの心の模様がよく感じ取れるようです。志桜里殿の心はいつも、誰かの強い心に守られているという気がします」

「それは不義密通の相手がいるということでしょうか」

恐れるように栄之進は訊いた。鈴代は香炉を畳《たたみ》に置いてから、ゆっくりと言った。

「いいえ、ひたすら相手を思うだけで見返りを求めることのない、凛《りん》として咲く白い花のような心です」

鈴代の言葉を聞いて栄之進は苦い顔をした。そのような心がこの世にあるとは思われない。皆、おのれのためを思い、栄耀栄華《えいようえいが》を得ようとあがいて生きているのだ。見返りを求めない生き方とは、世間を知らぬ若造の思い上がりでしかない。

そう思ったが、ふと、木暮半五郎の顔が浮かんだ。

(あの男ならば、そんな生き方をしているのかもしれない)

だとすると、志桜里を守っている強い心とは半五郎のことだろうか。いや、そんなことがあるはずはない。志桜里は自分の妻なのだ。ほかの男が志桜里を守るなど許されぬことだ。

栄之進が自分に言い聞かせたとき、鈴代がさりげなく言った。

「いかがですか。あなたはさような心で窮地にある志桜里殿を守ることがおできになりますか」

無論のことです、と答えようとした栄之進は、志桜里が三家の手勢に囲まれた澤井屋敷にいるのだと思った。

志桜里を救おうとするのは、自ら死地に飛び込むことだ。そのようなことが自分にできるはずもない、とあらためて思い知った。

それだけに、なぜ、志桜里がこんなことを自分に突きつけてくるのか、と腹立たしかった。

(悪いのはわたしではない。志桜里だ——)

栄之進は自分に言い聞かせるしかなかった。

二十四

夕刻になって、澤井屋敷を薄闇が覆った。

半五郎は屋敷内の畳をすべて持ち出して、玄関先から庭にかけて立て連ねて、矢防ぎの盾とした。さらに中庭から奥にかけて篝火《かがりび》を焚《た》いた。火の粉が時おり、金粉のように散った。

半五郎が門の屋根に上ってみると、三家の手勢も路上で篝火を焚いている。昼間見た時はそれぞれ刀を差しているだけだったが、いまは槍や弓矢が篝火の明かりに浮かんでいる。さらに梯子や大八車も用意されている。

かたわらの新太郎が声をひそめて訊いた。

「あの大八車は何に使うつもりなのでしょうか」

「おそらく材木でもくくりつけて門扉にぶつけて門を破るつもりではないかな」

「それぐらいでは閂《かんぬき》は折れないでしょう。無駄なことです」

「いや、そうでもない。破れぬと思っても攻められれば応戦しないわけにはいかぬ。そうなればただでさえ少ない人数ゆえ、そのほかの場所の守りが手薄となる。それが奴らの狙いであろう」

半五郎は油断なく三家の手勢が屯《たむろ》しているあたりを見据えて言った。

夜が更ければ、いつ襲ってきても不思議はない。そう思うと、いつの間にか武者震いしていた。

志桜里たちは、このときまでに〈目つぶし〉を作り終え、さらに夕餉《ゆうげ》の握り飯を握った。半五郎たちは大皿に盛られた握り飯を頰張《ほおば》った。

里江とつる、よし、それにすみも襷《たすき》がけで忙しく立ち働いた。握り飯を食べ終わると志桜里は白鉢巻を締め、襷をかけて薙刀を手にした。

「木暮様、それでは皆で裏門を固めます」

志桜里は言い置いて里江とつる、よし、佐野弥七とともに裏門に向かった。半五郎は握り飯を手に志桜里の勇ましい姿にしばし見惚《みと》れていたが、

「木暮様、敵が動いております」

という源蔵の声にはっとした。握り飯を頰張りつつ、門の屋根に上った。見ると、いつの間

にか三家の手勢は松明《たいまつ》を手にして近づきつつある。

「奴ら、火を放つつもりか」

城下で火事騒ぎを起こせば、重い咎めを受けるだけに、そこまではするまいと思うものの、寅太夫騒動の時にはしているだけに油断できなかった。

見ていると門から五十歩ぐらいのところで松明の動きは止まり、中からひとりの男が近づいてくる。

伊関弥一郎だった。

「澤井庄兵衛殿に申す。先ほど殿は澤井殿を上意討ちにいたせとの内意を漏らされた。門を開かれよ。切腹されるならば、それがしが介錯いたす。さすれば屋敷内のほかの者は助かりますぞ」

弥一郎は大声で言った。半五郎は、庄兵衛を振り向いた。弥一郎が名指しで呼びかけている以上、半五郎が答えるわけにはいかなかった。

庄兵衛は鉢巻を締め裁付《たっつ》け袴《ばかま》姿で手槍を持っている。半五郎にうなずいて見せた庄兵衛は門に近づいて声を張り上げた。

「それがしは寅太夫騒動のことを覚えておる。そのおり、三家のやり方を汚しと思うてござる。此度もまたおなじやり方をされるのを見て、まことに恥を知らぬ方々と思ったしだいでござる。

されば、武門の意地にて候《そうろう》。それがしの首が欲しくば討ち入《う》られるがよい。われらまことの武士の戦い様をお目にかけよう」

昂然と庄兵衛が言い放つと、弥一郎は、歯嚙みして、

「おのれ無礼者めが」

とうめいた。そのとき、新右衛門と小太郎が走り出て、

「もはや、遠慮は無用でござる」

「討ち入りましょうぞ」

と口々に言った。

弥一郎は激しくうなずいて、

——かかれ
と怒号した。たちまち家士たちが走り出すと、築地塀に梯子をかけて登ろうとした。これに源蔵が門の屋根の上から矢を射かける。梯子を上り塀を乗り越えようとした者は矢が刺さってうめき声を上げながら路上に落ちた。

源蔵の矢に攻め手がたじろぐのを見た弥一郎は、

「矢を射よ」

と命じた。弓矢を持った者が走り出て源蔵に向かって矢を放つ。源蔵が矢を避ける間に梯子

がかけられ、数人の家士が築地塀を乗り越えた。

その家士たちに向かって、すみが卵の殻の〈目つぶし〉を投げつけた。家士たちの顔に〈目つぶし〉は命中し、灰が散った。

うわっ、目が見えなくなり、家士たちが悲鳴をあげるのに、新太郎が刀を抜いて斬《き》りつける。家士たちも刀を無暗《むやみ》に振り回したが、新太郎がどこにいるのかわからないだけに、たちまち、腕や足を斬られて倒れた。

その時、門に大きな木材を積んだ大八車が迫った。家士たちは四、五人がかりで大八車を押して門扉にぶつける。

どーん
どーん
凄《すさ》まじい音が響いた。門扉がめりめりと音を立てる。

半五郎は門の屋根に仁王立《におうだ》ちになると、ふわりと大八車の上に飛び降りた。

大八車を押していた家士たちが驚いて後退った隙に、半五郎は大八車の上に木材を縛っていた荒縄を切って捨てた。さらに大八車の車輪を足で蹴《け》った。車輪が傾くと、体重をのせて、押しひしぐ。車輪は音を立ててはずれた。

同時に半五郎は大八車から飛び降りた。

新右衛門が抜刀して駆け寄りながら、

「こやつが木暮半五郎だ。逃がさず、斬れ」

と叫んだ。家士たちは半五郎を取り巻き、斬りかかる。半五郎は斬りかかる者の刀を弾《はじ》き返し、素早く斬撃を見舞いながら、

「邪魔だ。退《ど》け」

と怒鳴った。なおも襲いかかる家士たちを斬り捨てながら、半五郎が門に走り寄ると、

「木暮様――」

源蔵が声をかけて半五郎を追う家士たちに矢を放った。家士たちが射すくめられている間に半五郎は築地塀に手をかけて、ひらりと跳び上がった。家士たちが射た矢が半五郎の耳をかすめ、袖を射抜いた。

半五郎は身を躍《おど》らせて敷地内に転がり落ちた。その瞬間、頭上を何本もの矢が飛んでいった。

庄兵衛が走りよって、

「大丈夫か」

と声をかけた。

「大事ござらぬ」

半五郎は答えながら立ち上がった。すると、裏門の方から、甲高い志桜里の気合が聞こえて

きた。庄兵衛は耳を澄ませて、

「あの気合ならば大丈夫であろう」

と笑った。

裏門では梯子をかけて侵入してくる家士たちに里江とつる、よしが〈目つぶし〉を投げつけ、あたりは灰で濛々《もうもう》としていた。〈目つぶし〉であたりが見えなくなった家士たちに弥七が矢を射かける。それでも矢をかいくぐり、迫ろうとする者たちに志桜里は薙刀で応戦した。

ひゅっ、という薙刀が空気を切り裂く音とともに家士たちは肩先を斬られ、脛《すね》を薙《な》ぎ払われて倒れていった。

薙刀を振るう志桜里の姿はあたかも絵に描いたように美しかった。


屋敷の外では、弥一郎と新右衛門、小太郎が家士たちを指図しつつ、

「これだけの手勢がありながら、なぜ、門が破れぬのだ」

と切歯扼腕《せっしやくわん》していた。

新右衛門が弥一郎に言った。

「伊関殿、このままでは埒《らち》があかぬ。いっそのこと屋敷に火を放ってはいかがでござろうか」

屋敷を取り囲む家士たちは、松明を手にしている。ひと声かければ松明を屋敷内に投げ込み、

炎上させることができるだろう。

だが、弥一郎は頭を横に振った。

「駄目だ。屋敷の者たちがすべて死んでおるならともかく、生きている限りは炎に紛《まぎ》れて逃げるやもしれぬ。そうなれば、われらが火を放ったことが家中に知られてただではすまなくなる」

悔しげに言う弥一郎に小太郎が声を低めて言った。

「伊関様、それがし、実は鉄砲を持ってきております。使ってはなりませぬか」

城下で鉄砲を放つ騒擾《そうじょう》を起こすなど、とんでもないと弥一郎は小太郎の案を退けようとした。しかし、新右衛門が身を乗り出して、

「表門で使えば、騒ぎになりますが、裏門で使ってはいかがでしょうか」

と言った。

「なんだと」

弥一郎は新右衛門を見据えた。

「たしかに火を放てば、すぐに消し止めることもできませんが、鉄砲ならば目立たぬところでならば、知らぬ存ぜぬも通りますぞ」

「なるほど、それも一理あるな」

弥一郎がうなずくと、小太郎が勢いづいて言った。

「どうやら裏門を守っているのは女たちのようです。その中のひとりでも鉄砲で撃ち殺せばほかの者たちは震え上がって逃げ出すに違いありません」

そうだな、と考えた弥一郎は小太郎を睨んで、

「ならば、やってみろ。しくじるなよ」

と言った。

「おまかせください」

小太郎は家士に鉄砲を持たせ、火縄に火をつけると走り出した。


表門ではなおも半五郎たちが侵入してくる家士たちを斬り伏せて戦っていた。庄兵衛も自ら手槍を振るい、敵を倒していく。そのとき、門の屋根から源蔵が、

「木暮様、いま、裏門に向かって走った者がおります。手に火縄を持っていたようでございます。鉄砲ではありますまいか」

「何、鉄砲だと」

半五郎は愕然《がくぜん》とした。弓矢や刀、槍ならば、まだ喧嘩沙汰《けんかざた》だとの言い訳が立つが鉄砲を使うとなると、もはや家中を割る騒擾《そうじょう》である。

三家がそこまでしてくるとは思わなかったが、裏門を破るためだけに使うのかもしれない。だとすると狙われるのは薙刀を振るう志桜里ではないか。

「澤井様、ここはおまかせいたしますぞ」

半五郎はひと声かけると裏門に向かって走り出した。中庭を抜けて、裏門に近づくとあたりは灰が立ち込め、目が痛かった。

何人もの家士たちが地面に倒れている。

志桜里たちの働きの凄まじさが見てとれた。

(さすがに志桜里殿じゃ)

志桜里が家士のひとりに向かって薙刀を構えているのが見えた。〈目つぶし〉で方角がわからない、家士は刀を振り回しながら志桜里に向かってきた。志桜里は、

――えいっ

とひと声、気合を放つなり、家士の太腿に斬りつけた。白刃がきらりと光り、家士はうめき声をあげて転倒した。

「お見事――」

半五郎は声をかけながら、志桜里に駆け寄った。

「木暮様、いかがされました」

志桜里は目を瞠った。

「敵の中に鉄砲を持って裏門に走った者がおるようです。用心されるよう申しあげに参った」

「鉄砲ですか」

さすがに志桜里は緊張した。いままでは〈目つぶし〉をくらった相手と戦っていただけである。

鉄砲ならば〈目つぶし〉が届かぬ遠くからでも撃ってくるだろう。しかも日が落ちてあたりは暗いだけに鉄砲を持った者がどこに潜んでいるかもわかりようがない。


この時、小太郎は鉄砲を手に裏門に着いていた。中の様子をうかがいつつ、築地塀にそって歩き、大きな庭木があるところに来ると、家士に、

「肩車をいたせ」

と命じた。家士のひとりが小太郎を肩車して、もうひとりが支えた。

小太郎は築地塀に身を伏せて、中の様子をうかがった。灰が立ちこめて、あたりは見え難《にく》かったが、月光に女の姿がわずかに浮かび上がった。

薙刀を手にしているようだ。裏門から押し入った家士たちが、女が振るう薙刀で手傷を負って退いていると聞いていた。

（小癪《こしゃく》な女め）

小太郎は女に向かって狙《ねら》いをつけた。だが、女に話しかけている男の背格好を見て、

（木暮半五郎ではないか）

と気づいた。ならば、半五郎こそ撃ちとめなければならない相手だ。

小太郎は半五郎を狙った。

しかし、半五郎は鉄砲を警戒しているのか、油断なく動き回っている。弥一郎たちの手前、鉄砲を放つことができるのは一度だけだ。

半五郎を撃つべきだが、仕損じるかもしれない。小太郎の胸に迷いが生じた。どうすべきか、筒先を動かしながら思案した。やがて、やはり、女を狙ったほうがいい、と思い定めた。

筒先をゆっくり女へと向けた。

志桜里は妹たちの身を案じた。

「皆、鉄砲で狙われるかもしれません。物陰に身を隠しなさい」

志桜里に突然言われて驚いた里江たちはあわてて、盾にしている畳の陰にひそんで隠れた。

「志桜里殿も早く」

半五郎がうながしたが、志桜里は頭を横に振った。

「隠れていては薙刀を振るえませんから」

「そうは言っても鉄砲で撃たれればいのちはありませんぞ」

半五郎が詰め寄ると、志桜里は真剣な眼差《まなざ》しを向けてきた。

「ですが、これは戦でございましょう。わたくしは武門の女子として卑怯未練《ひきょうみれん》の振る舞いはできません」

「鉄砲から身を隠すことは未練な振る舞いではありませんぞ」

半五郎はあたりを見まわしながら言った。そのとき、傍らにいた弥七が、

「木暮様、あそこに火縄の火が見えます」

と大声で告げた。見ると築地塀の上に上り、鉄砲を構えているらしい黒い影が見えた。

筒先が狙っているのは、志桜里のようだ。

「危ない」

半五郎は志桜里を突き倒してかばった。同時に、
だーん
という鉄砲の雷鳴のような音が響いた。うわっ、半五郎はうめくと、もんどり打って倒れた。

「木暮様——」

志桜里は悲鳴をあげて半五郎に取りすがった。

二十五

倒れた半五郎にすがった志桜里は、はっとした。

半五郎の脇腹のあたりから血が流れている。着物は裂け、焼け焦げた匂いがしていた。抱《かか》え起こそうとした志桜里の手を半五郎の手が押さえた。

「大丈夫でござる」

うめきながら半五郎は言うと、歯を食いしばって立ち上がった。築地塀《ついじべい》を睨《にら》みながら、

「かすったぞ」

と凄《すさ》まじい眼光を放ちつつ怒鳴った。なおも家士に肩車されたまま二発目を撃とうとしていた小太郎は半五郎の大声を聞いてのけぞり、あっと思った時にはあおむけに地面に転がり落ちた。

小太郎はうめいて体を起こしたが、半五郎の気迫のこもった声を聞いて、

――撃ち損じた
と思った。すると、いまにも半五郎が築地塀を乗り越えて襲ってくるのではないか、という恐怖にかられた。立ち上がるなり、小太郎は家士たちに、

く。


「退《ひ》くぞ」

と告げるや鉄砲も放り出したまま駆け出した。しかたなく家士たちが鉄砲を抱えてついてい

小太郎たちが駆け去る足音を聞いた半五郎は、がくりと片膝をついた。

「大事ございませぬか」

志桜里が半五郎の肩をかかえた。半五郎は、志桜里に支えられて立ち上がり、

「脇腹をえぐられたようですが、さほどの傷ではありません」

半五郎は落ち着いた声で言った。

「お手当てをいたしまする」

志桜里は里江とよし、つるに、

「焼酎とさらし、血止め薬を持ってきなさい」

と言いつけるとともに、

――針と糸
も用意するように、と付け加えた。

里江が目を瞠《みは》った。

「姉上、木暮様の傷口を縫《ぬ》われるおつもりですか」

「いま、お医者を呼ぶわけにはいきませんから」

よしとつるが、

「それでも、危ないのではありませんか」

「ひとの肌を縫うなど恐ろしくはございませんか」

と口々に言った。志桜里は苦笑した。

「あなたがたは夫が戦場に赴《おもむ》き傷を負ったときに、医者が来るまで何もせずにいるつもりですか。刀や鉄砲の傷の手当ては武門の女子のたしなみではありませんか」

志桜里の言葉を聞いて半五郎は刀を杖《つえ》に立ち上がった。

「いかにも、志桜里殿の仰《おお》せの通りです。傷口が開かぬよう縫っていただこう」

縁側に上がった半五郎が胡坐《あぐら》をかくと、志桜里はまず、里江が持ってきた徳利の焼酎を口に含んで傷口に噴きかけた。それから血止め薬を塗ったうえで、

「木暮様、縫いますぞ」

と声をかけ、半五郎に横たわるように言った。半五郎が素直に横になると、手早く傷口を針と糸で縫った。

里江とよし、つるは志桜里がすることを緊張した面持《おもも》ちで見つめている。志桜里は縫い終えた傷口にあらためて血止め薬を塗り、さらしを巻きつけた。志桜里の白い指先が血で赤く染ま

った。

それを見たよしが小盥《こだらい》に水を汲《く》んできた。志桜里は指先を少しの間、見つめてから水に浸し、指の血を惜しむように洗った。

その間、もろ肌脱ぎになった半五郎は、

「志桜里殿、すまぬが父上の着物をお貸しねがえぬか。手傷を負《お》うたと敵に悟られたくないゆえ」

と言った。志桜里は冷静な目で半五郎を見つめた。

「父の着物では丈が合いませぬが」

「かまわぬ。夜中のことだ、少々、合わなくてもよいのだ。それより、父上の着物を血で汚してあいすまぬが」

志桜里はうなずいてから里江を振り向いた。里江は応じてすぐに簞笥《たんす》から着物を持ってくる。

半五郎は立ち上がって袴《はかま》をおろし、着物と下着を脱いで褌《ふんどし》ひとつの姿になった。里江たちは目をそらしたが、志桜里は平然として半五郎に着物を着せかけ、袴をはかせると帯を結んだ。

半五郎は傷の痛みに堪えて立ちながら、

「志桜里殿、かたじけない」

とつぶやいた。帯を締めあげた志桜里は、

「何を仰せになります。礼は敵を退《しりぞ》けてからおっしゃってくださ い」

とさりげなく言った。

「そうであった」

半五郎は笑うと縁側から地面に降りた。刀を杖に表門へ向かった。その様子を見た志桜里は薙刀《なぎなた》を里江に渡して、

「木暮様をお助けせねばならぬゆえ、わたくしは表門に参ります。後は頼みましたよ」

と告げた。

里江はうなずいて答える。

「おまかせください。わたくしも澤井家の女子として、後れはとりませぬ」

志桜里はにこりとして半五郎の後を追った。

半五郎が表門に行くと庄兵衛が振り向いた。

「いましがた、裏で鉄砲の音がしたが――」

言いかけた庄兵衛は、半五郎が刀を杖にし、片足を引きずるように歩いているのを見て、やっ、手負うたか、とつぶやいた。

「ご案じなく。志桜里殿に手当てをしていただきました」

半五郎が嬉しげに言うと、庄兵衛はじろりと半五郎の全身に目を遣《や》った。

「鉄砲傷であろう。血止め薬を塗ったぐらいでは、命に関わるぞ。それに、お主がいま着ているのは、わしの着物ではないか」

庄兵衛が顔をしかめたとき、志桜里が近づいてきた。

「父上、木暮様の傷はわたしが縫いましてございます。また、手負うたと敵に気づかれたくないと仰せでしたゆえ、父上の着物を拝借しました。お許しくださいませ」

ううむ、と庄兵衛はうなった。

「傷を縫ったということは、肌にふれたということか。しかも着物を貸したということは、着替えるのを手伝ったのであろう。夫ある身で慎《つつし》みに欠けはせぬか」

「父上、ここは戦場でございます。些末《さまつ》なことはご放念ください」

志桜里が言うと、半五郎も大きく頭を縦に振った。

「ご放念くだされ」

言い置いて半五郎は刀を腰に差し、門に近づいて新太郎に声をかけた。

「門の屋根に登る。手伝ってくれ」

はい、と答えて駆け寄った新太郎は、築地塀に上ろうとする半五郎の左脇腹に手を添えた。

半五郎がうめいたのに驚いた新太郎はあわてて手を引っ込めた。

「右から支えてくれ」

半五郎は額に汗を浮かべて言うと、新太郎に助けられながら門の屋根に這《は》い上がった。

屋根の上に半五郎は立った。

大きく息を吸ってから、

「澤井家に押しかけておられる方々に申し上げる。先ほど当家に鉄砲を撃ちかけた痴《し》れ者がおる。いかに上意討ちと唱えようとも、城下で鉄砲を放つは謀反《むほん》の行いである。当屋敷の澤井庄兵衛を討ったとしても、城下で騒擾《そうじょう》を起こした罪は問われることになるぞ」

と凜々と言い放った。

三家の手勢がなおも静まりかえっていると、半五郎はさらに声を張り上げた。

「隣り近所の屋敷の方々は、先ほどからの騒ぎに気づいておられましょう。木暮半五郎でござる。三家は上意討ちと称しておるゆえ、お味方願いたいとは申しませぬ。ただし、鉄砲を撃てば、火事になるのは必定でござる。当屋敷が炎上いたした際、火の粉を払うご用心を願いたい。また、さようなる無法の振る舞いを三家がしたならば、しっかと見届けられるようお願い申す」

半五郎が言い終えた後、しばらくして、どこの屋敷かはわからないが、

「承知いたした」

と男の声が響いた。別の屋敷からも、

「お味方はできぬが、見届けはいたす」

という声がした。さらに、

「われらも、わが屋敷は守る所存。三家の方々はご承知ありたい」

「木暮殿の武門の意地、見せていただこう」

と次々に声が上がった。

半五郎はにやりとした。

「かたじけない」

一際《ひときわ》、大声で言った半五郎はゆっくりと屋根から降り始めた。新太郎の手を借りて築地塀から降りた半五郎は大きく吐息をついた。

額が汗にまみれていた。志桜里が近づき、懐紙で半五郎の汗を拭《ぬぐ》った。

志桜里は囁《ささや》くように言った。

「木暮様、お見事でございます。あのように申されれば三家も迂闊《うかつ》には攻めかかりはできないでしょう」

半五郎はあえぎながら、首をかしげた。

「さて、どうであろうか」

その時、築地塀に上って三家の動きを見張っていた新井源蔵が、

「やっ、三家の篝火《かがりび》が消えていきますぞ。よくは見えませぬが、ひとが動いておる気配がいたします」

と言った。庄兵衛が低い声で、

「奴ら、一気に来るつもりか」

とつぶやいた。新太郎が半五郎の傍《かたわ》らに来て問うた。

「守りはいかがいたしましょう」

半五郎は首をかしげたまま答えない。

しばらくして源蔵が意外そうな声音《こわね》で言葉を継いだ。

「足音が遠ざかっていきます。門前の者たちが去っていく気配がいたしますぞ」

新太郎が築地塀に上った。

「まことです。人影が去っていきます」

嬉し気な新太郎の声を聞いて庄兵衛は戸惑《とまど》った。

「どうしたことだ。奴ら、諦《あきら》めたのか」

半五郎は頭を横に振った。

「違います。三家はまわりの屋敷が見ていると知って、いったん退き、夜討ちではなく朝駆け

をする腹を決めたのでしょう」

「朝駆けだと」

庄兵衛は目をむいた。

「もともと大人数で押し込めば同士討ちをしてしまうゆえ、明るくなってからの方がやりやすいのです。おそらく夜が白み始めたころを狙《ねら》って、ひそかに塀に近づき、表と裏から同時に襲う策でしょう」

「いっせいに来られれば、多勢に無勢だな」

庄兵衛はうめいた。

「されど、朝まで時が稼《かせ》げるのは助かります。城中で稲葉幸四郎殿がきっと動いてくれます」

「だが、その時にはわれらの息の根は止まっているかもしれんぞ」

「それには策があります」

半五郎はにこりとした。

そんな半五郎を志桜里は頼もしそうに見つめている。

半五郎は皆に傷の手当てをして休むように指図した。志桜里が里江たちとともに用意していた握り飯を運んできた。

半五郎は握り飯を頬《ほお》張《ば》りながら、

「表門と裏門の見張りは新太郎殿と新井、佐野が交代でしていただきたい。わたしは鉄砲傷を負ったゆえ、築地塀に上れば傷口が開くゆえ、勘弁していただく」

と言った。すると、庄兵衛が口を挟んだ。

「待て、三人では交代もままならぬ。わしも見張り役に加わろう」

「澤井様、自ら見張りに立たれますのか」

半五郎はためらうように言った。庄兵衛が見張りに立って矢を射かけられ、鉄砲で撃たれればすべては水泡に帰す。

だが、庄兵衛は笑って答える。

「いまは猫の手でも借りたいところだ。わしなら猫よりはましであろう」

半五郎は少し考えてからうなずいた。

「わかり申した。されど、澤井様が討たれては、われらの負けでござる。くれぐれもご用心いただきたい」

「わかっておる」

庄兵衛は握り飯に手をのばしながら、

「さて、長い夜になりそうだな」

と言った。半五郎はゆっくりと頭《かぶり》を振った。

「いや、思わぬうちに時が過ぎました。ひと眠りいたしたならば、空が白み始めましょう」

「そのときが、勝負だな」

庄兵衛は厳しい目で半五郎を見つめた。

「いかにも、われらの生死を分かつ朝となりましょう」

半五郎の言葉を聞いて志桜里たちは粛然とした面持ちになった。

二十六

翌日——

明け六つ（午前六時）ごろになって勘定方御用部屋で端座したまままうつらうつらしていた治左衛門のもとに、藩校で夜を過ごした幸四郎がやってきて、

「父上、もはやよろしかろうと存じます」

と囁いた。治左衛門はゆっくりと目を見開いた。

「そうか、参るといたそう」

幸四郎とともに治左衛門は奥へと向かった。大廊下を過ぎ、昨夜から頼近が安納源左衛門と伊関武太夫、柴垣四郎右衛門に談じ込まれて、半ば軟禁されていると思《おぼ》しい黒書院へ向かった。

黒書院への廊下を曲がったところで、控《ひか》えの間にいた近習《きんじゅ》数人が廊下に出てきた。

「殿に言上《ごんじょう》いたさねばならぬことが起こったゆえ、奥へ参る」

治左衛門は平然として告げた。治左衛門と幸四郎の前に片膝をついた近習が、

「お待ちくだされ。伊関ご家老様より、ただいま殿に言上申し上げているゆえ、これより先へ、家中の者を通してはならぬとの仰せを承《うけたまわ》っております」

と言った。

治左衛門はじろりと近習を睨んだ。

「ほう、ご家老は奇妙なことを命じられたな。かような早朝より、殿に言上とは何事であろうか。いや、それよりも殿への言上は昨夜よりなされていたはずではないか。夜を徹して殿に何を申し上げているのだ」

近習は硬い表情のまま答える。

「われらはご家老の命に従っておるだけでございますれば」

「ほう、ご家老の命に従えば、殿の安否は気にならぬと申すか」

治左衛門は辛辣《しんらつ》に問い詰めた。

「決してさようなわけではございません」

近習はなおも頑固《がんこ》に言い張った。

治左衛門はにやりと笑って、

「そなたでは話が通じぬ。近習頭の渡部作左衛門《わたべさくざえもん》殿を呼んで参れ。わしはここで待とう。だが、その間にこれなる学問所助教の稲葉幸四郎が藩校の教授方、飯沼照庵先生の新年のご進講の打ち合わせをするため奥に入る。それはかまうまいな」

と告げた。

近習たちは戸惑いの色を見せた。近習のひとりが、身を乗り出して言った。

「新年のご進講の打ち合わせなら、われらが承ります」

幸四郎は頭を下げて、

「もし殿がお風邪《かぜ》でも召されているようでしたらご進講は取りやめねばなりませぬ。それゆえ、あらかじめ殿のお体の具合なども承っておかねばなりません。されば、おうかがいいたして参ります」

と言うと、そのまま黒書院へと足を進めた。近習たちが、

「待たれよ」

「お通しするわけには参りません」

と口々に言って幸四郎を止めようとした。その近習たちの前に治左衛門が立ちはだかった。

「倅《せがれ》が、奥へ参るのはご進講の打ち合わせに過ぎぬゆえ、止め立て無用じゃ。それよりも近習

頭の渡部殿を早く呼んで参れ。勘定方、稲葉治左衛門がぜひとも話したいことがあると伝えよ。何をぐずぐずいたしておる。早くせぬか」

治左衛門が叱責《しっせき》するように言うと、近習たちは顔を見合わせたが、中のひとりが、渡部様をお呼びしよう、と言って奥へ行った。

ほかの近習たちは何となく気勢を削《そ》がれたのか、もはや奥へ向かう幸四郎を追おうとはしなかった。

幸四郎が黒書院の前に行くと、ひと晩寝ずに控えていたらしい小姓が、うとうととしていた。

幸四郎はそばに寄って、

「学問所助教の稲葉幸四郎でござる。本日のご進講について殿に申し上げねばならないことがある。通されよ」

と厳しい声音で言った。小姓は居眠りを覚まされて驚いた顔で幸四郎を見つめたが、すぐに、

「ご家老が誰も通すなと仰せでございます」

と怯《おび》えた声で言った。

幸四郎は穏やかな表情で、

「さようか」

と言うなり、小姓の鳩尾《みぞおち》に当て身を打った。小姓がうめいて倒れるのをそのままにして幸四

郎は黒書院へ入った。

頼近が脇息《きょうそく》に肘《ひじ》を突き、安納源左衛門と伊関武太夫、柴垣四郎右衛門を睨み据えているのが見えた。

源左衛門たちも一歩も退かぬ構えで頼近を見据えている。頼近は夜を徹して話したにも拘《かかわ》らず、三家に屈していないようだ、と見て幸四郎はほっとした。

黒書院の入口に座った幸四郎は手をつかえて、

「申し上げます。本日は新年のご進講がございます。殿には斎戒沐浴《さいかいもくよく》して臨《のぞ》まれる刻限でございます」

と言上した。頼近はじっと幸四郎を見つめたが何も言わない。

安納源左衛門が振り向いて面倒臭げに口を開いた。

「そなたは何者だ」

「学問所助教、稲葉幸四郎でございます」

幸四郎は手をつかえたまま平然と答えた。伊関武太夫は口をゆがめて言った。

「今日の進講は取りやめる。藩校教授方にそう、伝えよ」

「これは、異なことを承ります。進講の取りやめは殿がお決めになることでございます。なにゆえ、ご家老が指図《さしず》なさるのでございましょうか」

幸四郎が鋭く言い放つと、武太夫は目を怒らせた。

「そなたごとき、部屋住みの者がさようなことを知る必要はない。下がれ」

武太夫が罵声《ばせい》を発すると、頼近が突然、笑い出した。

「その者の申すこと、まさしく道理ではないか。余は新年の進講を受けるぞ、そのためにはまず斎戒沐浴をいたすぞ」

頼近は立ち上がった。

安納源左衛門が大きな声で威嚇《いかく》するように、

「なりませぬ。殿には、まだわれらとの話が終わってはおりませんぞ」

と言った。頼近はせせら笑った。

「いかように話そうとも同じことではないか。余は澤井庄兵衛を上意討ちにはいたさぬし、そなたらがわが藩を思いのままに動かそうとするのを止《や》めよ、と言っても聞く耳は持つまい。ならば同じことではないか」

柴垣四郎右衛門が膝を乗り出した。

「決して、さようなことではござらぬ。殿が家中の旧家を尊重してくだされればよろしいだけのことでござる」

「尊重だと?」

頼近は顔をゆがめて嗤《わら》ったが、次の瞬間、激しい感情を露《あら》わにして言葉を発した。

「主君に家臣を尊重せよ、とは何たる増上慢の言いぐさか。そのような暴言をこれ以上、聞くわけにはいかぬ。余は新年の進講を受けるゆえ、話はこれまでじゃ」

頼近は言い捨てると黒書院から出ていこうとした。だが、武太夫が頼近の前に進み出て遮《さえぎ》った。

「殿、お待ちくだされ。まだ、話は終わってはおりませぬぞ」

源左衛門と四郎右衛門も頼近に追いすがって、

「御家安泰のおため、われらの申し条をお聞き届けくだされ」

「このままにては家中が割れますぞ」

と脅すようにして詰め寄った。そのとき、幸四郎が、

——しばらく
と声をかけ、素早く頼近の前に進み、武太夫と相対した。

「殿には、ご進講を受けられた後、ご家老たちとの話をされるご所存かと存じます。されば、ここはお待ちいただきとうございます」

幸四郎が言うと、武太夫はせせら笑った。

「われらは、諫言《かんげん》をいたしておるのだ。かような時の成り行きはよく知っておる。いま、殿を

ここからお出しすれば二度と戻ってはこられまい」

ひややかに幸四郎は武太夫を見据えた。

「たとえ、そうであったにしても、殿の仰せに従うのが家臣たる者の道でありましょう」

幸四郎の言葉を聞いて武太夫は激昂《げっこう》した。

「それは平侍《ひらざむらい》の心得だ。われら重職にある者は御家のため、殿の意に添わぬこともいたさねばならぬのだ」

源左衛門と四郎右衛門も身を乗り出してきた。

「われらの諫言の邪魔立てをいたすのは、不忠の行いぞ」

「そなたこそ、分をわきまえよ」

大声で源左衛門と四郎右衛門が言うと、幸四郎は立ち上がった。

「殿、もはや、話しても無駄なようでございます。いざ、お出ましを――」

幸四郎にうながされて頼近が足を前に出すと、武太夫は袴の裾を握った。

「殿、行ってはなりませぬ」

頼近を止めようとする武太夫の手を幸四郎が手刀で払った。

武太夫は激怒した。

「慮外者《りょがいもの》、何をいたすか」

「家臣としての務めを果たすのみでござる」

冷静に答えて幸四郎は頼近をうながし、外へ出ようとした。すると、源左衛門が控えの間に向かって、

「出会え。乱心者が殿を連れ出そうといたしておるぞ」

と声をかけた。

控えの間から、五人の藩士が出てきて、幸四郎の前をふさいだ。

「ほう、手勢を控えさせておられましたか」

幸四郎は頼近をかばって油断なく身構えながら言った。

武太夫が険《けわ》しい表情で言い募《つの》る。

「われらは御家のため身命《しんめい》を賭《と》してご奉公しておるのだ。いかなることがあっても殿に我らの申すことに同意していただく」

頼近が笑った。

「いかなることをしても主君を思いのままに動かそうとするとは驚いた。そなたらのしていることは謀反だぞ。上意討ちにすべきは澤井庄兵衛ではなく、そなたたちであるな」

源左衛門が押し殺したような不気味な声で言った。

「殿がそこまで仰せであるからには、たしかに話をしても無駄でござる。われらは殿を押し込

め参らせ、新たな主君を擁《よう》することにいたしますぞ」

武太夫と四郎右衛門も、

「いかにもさようじゃ」

「もはや、それ以外に道はない」

と言い放った。

幸四郎は脇差に手をかけて背後の頼近に言った。

「殿、もはや問答は無用にございます。この者たちを斬り破り、表に出ればお味方する家臣の方が多うございます」

頼近はうなずいた。

「わかった。表に参るぞ」

幸四郎と頼近が前に進むと、五人の藩士たちが、脇差を抜いた。だが、幸四郎は脇差を抜かずに、さらに前に進む。

源左衛門が、わめいた。

「そ奴を斬りすてい」

藩士のひとりが脇差で斬りかかると、幸四郎はその腕をつかんでひねりあげ、横転させた。藩士が畳《たたみ》に倒れると、もうひとりが斬りかかる。

幸四郎はこの藩士の斬り込みをかわすと同時に鳩尾を拳《こぶし》で突いた。藩士は気絶して倒れる。

武太夫は焦って叫んだ。

「何をいたしておる。押し包んで斬るのだ」

おう、と答えて三人の藩士が幸四郎に斬りかかった。

幸四郎は隼《はやぶさ》のように敏捷《びんしょう》に動いた。

ひとりの藩士は手をひねられて横倒しになり、もうひとりはあごを突かれて仰向《あおむ》けに倒れた。

三人目の胸元に飛び込んだ幸四郎は腰を入れて大きく投げ飛ばした。

幸四郎のあざやかな腕前に武太夫と源左衛門、四郎右衛門は息を呑《の》んで立ちすくんだ。

幸四郎は頼近を振り向いて、

「お早く――」

と声をかけた。

うむ、とひと言もらした頼近は幸四郎の後についていく。

「待たれよ」

という武太夫たちの声を背に聞きながら、廊下に急ぎ足で出ると、先ほど当て身を打った小姓がなおも倒れている。

幸四郎は小姓をちらりと見ただけで、足を速める。

大廊下に出た時、向こうから治左衛門が近習たちとやってくるのが見えた。

「殿、父が参ってございます」

幸四郎が振り向いて言うと、頼近は緊張した面持ちでうなずいた。近習たちが三家についているのかどうかはわからなかったからだ。

幸四郎は前に進むと、

――父上

と声をかけた。

治左衛門はちらりと幸四郎に目を遣っただけで、頼近の前に跪《ひざまず》いた。

「殿、ご無事でようございました。近習頭の渡部作左衛門殿、それがしの説得を受け入れ、殿にお味方参らせますぞ」

頼近は顔を輝かせ、治左衛門の傍らで跪いた作左衛門を見た。

「渡部、まことか」

作左衛門は手をつかえた。

「殿を押し込め参らせようとする三家の乱暴は目に余ります。近習組一同、殿をお守りいたしますゆえ、ご安心くださいませ」

「そうか――」

頼近がほっとした表情になると、すかさず、幸四郎が言った。

「殿、かくなるうえは澤井様を討とうとしている三家の動きを止めねばなりません」

「三家はすでに手勢を澤井庄兵衛のもとに向かわせたのか」

頼近は目を光らせた。

「さようにございます。木暮半五郎殿が澤井様を守っておられますゆえ、やすやすとは討ち取られぬと存じますが、何分にも多勢に無勢にて、一刻も早く救いの手を差し伸べねばなりません」

「間に合えばよいが」

頼近は眉を曇《くも》らせた。

「まことに――」

幸四郎は澤井家を案じて唇を噛《か》んだ。

二十七

伊関弥一郎と安納新右衛門、柴垣小太郎は夜が明け始めたのを見計らって、家士たちを澤井屋敷の表門と裏門に向かわせた。

白み始めた空の下、表門にゆっくりと近づきながら弥一郎たちは小声でひそひそと言葉を交わした。

「奴らはわれらが引き揚げたと思って油断しておろう。一気に斬り捨てるぞ」

弥一郎が言うと、新右衛門がうなずく。

「木暮半五郎めに身の程を思い知らせてやりましょう」

弥一郎はつめたい笑いを浮かべた。

「そうせずにはおかぬ。何せ、鉄砲を撃ちかけてしくじったゆえ、奴らを生かしておけば、城下を騒がせた罪でわれらの首が飛ぶことになるぞ」

鉄砲を放ちながら、半五郎を討ち取れなかったことをあてこすられて小太郎は顔をしかめた。

「さように申されますな。澤井家の者をすべて討ち取ってしまえば、死人に口なしでございます。誰が鉄砲を放ったかなどわかりませぬ」

弥一郎はちらりと小太郎の顔を見た。

「いかにも、その通りだ。澤井家の者を皆殺しにしたうえで火をかける。すべては闇に葬らねばならぬのだ。それゆえ、心してかかられよ」

新右衛門と小太郎は、おう、と答えた。

家士たちが表門にたどりついても、屋敷の中から応じるような物音は聞こえてこない。

弥一郎は大きく手を上げて、

「かかれ――」

と命じた。

家士たちは喚声を上げていっせいに、築地塀を乗り越えた。

築地塀の上から屋敷内に向けて弓を構えた者が屋敷内をうかがううちに、他の者たちが築地塀から飛びおりる。

裏門からも同時に家士たちが侵入した。

だが、屋敷内には応戦する者の姿はなかった。家士たちは刀を抜き放って縁側から座敷へと駆け上がった。

しかし、畳が盾のように並べられているだけで誰もいない。

弥一郎と新右衛門、小太郎も築地塀を乗り越え、屋敷内に入ったが、人影がないことに気づいて当惑した。

座敷に上がった弥一郎は、立てられていた畳を蹴倒《けたお》した。

「どういうことだ」

新右衛門が歯噛みして言った。

「奴ら、夜中のうちに闇に紛《まぎ》れて逃げたのではありますまいか」

小太郎が首をかしげる。

「しかし、表門も裏門も見張りの者を立てておきましたぞ。奴らが逃げ出しても気づかぬということはありますまい」

しばらく、考えていた弥一郎がはっとしたように顔を上げると、

「しまった。奴らは隣の屋敷に逃げたのだ」

新右衛門は目をむいた。

「隣屋敷でございますか」

「そうだ。木暮半五郎の屋敷は澤井屋敷の隣だ。奴ら、隣で我らを待ち構えておるに違いない」

弥一郎は落ち着きを取り戻して言った。

小太郎が目を輝かせた。

「ならば、ただちに隣屋敷に乗り込みましょう」

弥一郎は頭を横に振った。

「いや、うかつにかかれば、奴らはさらに逃げるぞ。乗り込む前に木暮の屋敷から逃げられぬように囲まねばならぬ」

家士たちを呼び集めた弥一郎は、半五郎の屋敷を囲むように命じた。そして十人ほどの家士

を率《ひき》いて、隣家との境になっている生垣《いけがき》の前に立った。

見ると半五郎の屋敷も畳があげられて、庭先に盾のように立ち並べられている。

弥一郎が、生垣越しに、

「木暮、貴様らが隣に逃げたことはわかっておる。もはや、逃れられぬと観念いたせ」

と呼びかけた。声に応じるように、畳の陰から半五郎がゆっくりと姿を見せた。

「これは伊関様ではございませぬか。かような早朝より、何事でござるか」

のんびりとした半五郎の口調が弥一郎を苛立《いらだ》たせた。

「とぼけるな。われらは澤井庄兵衛の上意討ちに参った。澤井庄兵衛は貴様の屋敷に逃げ込んだようだ。すぐに引き渡せ、さもなくば押し込むぞ」

弥一郎は半五郎を睨んだ。

「さて、無理難題を仰せになる。澤井様は当家にはおられぬ。それを承知で当家に押し込み、乱暴狼藉《らんぼうろうぜき》を働かれるならば、それがしも黙ってはおりませんぞ」

抜け抜けと言う半五郎に弥一郎は舌打ちをして、家士を振り向いた。

「生垣を打ち壊せ、いまから押し込むぞ」

弥一郎の声に応じて家士たちが刀を振るって生垣を倒した。それを見つめた半五郎はにやりと笑った。

「三家の乱暴もここに極まりましたな。当家に澤井様はおられぬという、それがしの言葉をなぜ信じようとされぬ」

「さような戯言《ざれごと》を信じるわれらと思うか」

新右衛門が怒鳴ると、半五郎はゆっくりと澤井屋敷を指差した。

「信じるべきでござった」

思わず、弥一郎たちが振り向くと、澤井屋敷の縁側に澤井庄兵衛と新太郎が立っている。

庄兵衛は皮肉な笑みを浮かべて言った。

「木暮に言われて、天井裏にひそんでおった。そなたたちは木暮の策にかかって隣家に押し込むという愚を犯したのだ」

上意討ちの名目で澤井家に押しかけただけに、半五郎の屋敷に踏み込む謂《いわ》れはなかった。庄兵衛が半五郎の屋敷にかくまわれていたのならともかく、屋根裏に隠れたのを見過ごして、隣家に踏み込んだとあっては、明らかに失態だった。

弥一郎は青ざめながら、

「われらは上意討ちを行うまでだ。そのほかのことはどうとでもなる」

と叫んだ。

半五郎が刀を抜き放って口を開いた。

「そうとは限りませんぞ」

半五郎が言い終わらぬうちに、畳の陰に隠れていた志桜里が現われて薙刀を構えた。

同じように畳の陰から顔をのぞかせた里江とよし、つる、すみが目つぶしを弥一郎たちに向かって投げつけた。

たちまち、灰が飛散して弥一郎たちは目をおおった。新右衛門が、

「他の者たちを呼び戻せ」

と叫んだ。

家士のひとりが外へ走り出ようとすると、

——ひょお
と音がして矢が家士の背中に突き立った。家士が倒れるとともに、さらに家士たちを狙って矢が射かけられる。

弥一郎が見上げると、澤井屋敷の屋根の上に新井源蔵と佐野弥七が弓を構え、矢を射ている。家士たちは次々に矢に射られて倒れていく。たちまちのうちに四人が倒れた。それを見た弥一郎は、

「討たねばならぬのは、澤井庄兵衛だ。屋敷に入れば矢も届かぬぞ」

と叫びながら、庄兵衛に向かって走り出した。

「そうはさせぬ」

半五郎が倒れた生垣を踏み越えて、弥一郎を追おうとした。その前に家士たちが立ちふさがる。

ふたりの家士が半五郎に斬りつけた。これを半五郎はそれぞれひと太刀で斬り倒した。だが、同時にうめき声をあげて片膝をついた。

脇腹の傷口が開いて血が着物に滲《にじ》んでいた。その様子を見た小太郎が嬉しげに叫んだ。

「伊関殿、こ奴、手負いですぞ。わたしが放った鉄砲の玉が見事に当たっていたと見えます」

弥一郎は立ち止まり、振り向いた。

半五郎の様子を見て弥一郎は薄く笑った。

「なるほど、手負うておるようだな。ならば、澤井庄兵衛の前にそなたを斬ってやろう。そこでは屋根からの矢が届くゆえ、もそっとこちらへ参れ」

弥一郎は半五郎をうながすように二、三歩後戻りした。

半五郎はゆっくりと立ち上がる。

「手負いと知って勝負する気になるとは、よくよく武士の魂を見失っておるようだな」

弥一郎は嘲《あざけ》りの色を顔に浮かべた。

「上意討ちとは言いながら、これはもう戦《いくさ》だ。戦とあれば、卑怯《ひきょう》の誹《そし》りなど何の役にも立たぬ」

「さようか。外道《げどう》には何を言ってもしかたがないようだな」

半五郎は刀を構えてじりっと前に出る。

屋根の上から源蔵が、

「木暮様、われら下に降りて矢を射ますぞ」

と声をかけた。

半五郎は弥一郎を見据えたまま応じる。

「よせ。お主らには、戻ってくる三家の手勢に備えてもらわねばならぬ」

言うなり、半五郎はさらに歩を進めた。それを見て、新右衛門と小太郎が弥一郎のそばに駆け寄った。

「伊関殿、ご助勢いたす」

新右衛門が言うと、小太郎も言葉を継いだ。

「われらを散々、邪魔したこの男を三家の剣で斬り伏せましょう」

弥一郎はうなずいた。

「さようだな。手負いのこ奴などわたしひとりで斬れるが、三家に逆らう者への見せしめにせねばなるまいゆえな」

弥一郎たちが半五郎を待ち受ける構えをとると、新太郎が、

「卑怯者――」

と叫んで弥一郎に斬りかかった。とっさに弥一郎は新太郎の斬り込みをかわし、すくいあげるように刀を振るった。あっとうめき声を上げて新太郎が倒れる。弥一郎の刀で太腿を斬られていた。

「新太郎様――」

すみが悲鳴を上げた。庄兵衛が刀に手をかけて、

「おのれ――」

とうめいた。そんな庄兵衛に弥一郎はつめたい一瞥《いちべつ》をくれた。

「倅が斬られて悔《くや》しゅうござるか。いますぐに同じ目にあわせてやるゆえ、しばし待たれよ」

弥一郎は倒れた新太郎に近づいてから、半五郎を振り向いた。

「さっさとかかってこねば、こ奴に止《とど》めを刺すぞ」

挑発するような弥一郎の言葉を半五郎は平然と受け流して、

「言うにはおよばぬ」

と言って、さらに前に進んだ。

たまりかねた志桜里が薙刀を手に走り出た。

「木暮様、ご助勢いたします」

志桜里が呼びかけたが、半五郎は振り向かずに、

「ならぬ」

とひと言だけ言った。

「なれど、手負うておられますのに」

志桜里がなおも言うと、半五郎は弥一郎を睨み据えたまま答える。

「ひとを斬る修羅《しゅら》の業《ごう》は男のなすことでござる。女子はいのちを守り、育てるのが本分でござろう」

「わたくしは木暮様のいのちを守りたく存じます」

志桜里が必死に言い募っても半五郎は振り向かない。

「志桜里殿は船曳家に嫁がれた身ではござらぬか。他家の男のいのちを守りたいなどと思っては道にはずれましょう」

「されど、わたくしの思いは――」

志桜里が言いかけるのを遮るように、半五郎は一喝《いっかつ》した。

「助太刀は無用。お控えなされ」

志桜里は蒼白になって立ち尽くした。半五郎はゆっくりとした歩みで弥一郎に向かって進ん

でいく。

空にかかる明け方の雲が朝焼けで赤く染まっていた。

二十八

「来い、来いよ」

弥一郎の目が残忍な光を帯びた。

歩んでいた半五郎の足がふと、止まった。

「どうした。臆《おく》したのか」

弥一郎が叫ぶと、半五郎はにやりと笑った。

「臆しはせぬが、いささかくたびれた」

「なんだと。痴《し》れ者めが、まだ懲《こ》りずに逃げ口上《こうじょう》を言うのか」

弥一郎は目を剝《む》いた。しかし、半五郎は平然として答える。

「もはや、間合いまで後一歩というところでござろう。そちらから仕掛ければすむことではないか。怪我人《けがにん》になおも力を使わせるのはいかがなものかな」

弥一郎は新右衛門、小太郎と顔を見合わせた。確かに弥一郎の間合いまで、後一歩であろう。

飛び込めば半五郎を斬《き》り捨てるのは造作ない。しかし、それが半五郎の誘いかもしれない、と思った弥一郎は半五郎を睨《にら》みすえたまま、

「新右衛門殿、小太郎殿、左右からこやつを囲め。逃げられぬようにしてからわたしが斬る」

と言った。

おう、と答えて新右衛門と小太郎は左右から半五郎を囲んだ。

「ご念の入ったことだな。これで、それがしもやりやすくなったというもの」

半五郎はにこりとして言った。弥一郎は口をゆがめて、

「往生際の悪い男だ。もう逃げられぬと諦《あきら》めたらどうだ」

と罵《ののし》った。

「諦めてもようござるが、その前に貴殿とは一対一の勝負をいたしたい。それゆえ、まずはこのふたりに先にかからせていただきたい」

半五郎はひたと弥一郎を見据えて言った。

「なんだと。なぜ、わたしと勝負せぬのだ」

弥一郎が疑わしそうに言った。

「ですから、うるさき雑魚《ざこ》をまずは片づけとうござる」

半五郎が嘲《あざけ》るように言うと、小太郎と新右衛門は、

「雑魚とは何事だ」

「許せぬ」

と怒鳴《どな》りながら同時に斬りかかった。それを見て、弥一郎は、

「待てっ」

と叫んだが、およばなかった。

ふたりが斬りつけたとき、半五郎の体が沈んだ。そのまま腰を落として体が独楽《こま》のように回った。白光が円を描いてきらめいた。

うわっと叫んでふたりは弾《はじ》かれたように倒れた。ふたりとも足の脛《すね》を斬られていた。新右衛門と小太郎はうめき声をあげてのたうちまわる。

半五郎は刀を地面に突き立て片膝《かたひざ》ついた体を支えているが、息が荒い。額から汗が滴《したた》り落ち、顔をあげることができない。

その様を見て弥一郎はそろりと足を忍ばせ、前に出た。縁側に立ち、半五郎を見下ろす。

半五郎はまだ呼吸がととのわない。荒い息を繰り返し、刀にすがって上半身を立てているのが、やっとのようだ。

弥一郎はにやりと笑って、大きく刀を大上段に構えた。縁側を蹴《け》って斬りかかろうとしたとき、疾風が起きた。

かがんでいた半五郎がやおら立ち上がると同時に突いてきた。弥一郎は斜《なな》めに跳んで危うく突きをかわした。

だが、弥一郎が地面に下りると同時にまたもや、半五郎が捨て身の突きを見舞った。弥一郎は転がるようにして避けると、あわてて縁側に跳び上がり、座敷へと駆け入った。すると這《は》うようにして半五郎が縁側に上がり、さらに刀を杖《つえ》にしながら、座敷へと入ってくる。

青ざめた顔で半五郎は言う。

「どうした。もはや、間合いの内だぞ。かかって来い。わたしを一太刀《ひとたち》で仕留めることができるぞ」

弥一郎は刀を構えて半五郎を見据える。脇腹のあたりがぐっしょりと血に濡れている。顔には返り血を浴びており、凄《すさ》まじい姿だった。

(こやつ、もはや、力は残っておらぬ。引き延ばせばこのまま息絶えるのではないか)

弥一郎は額に汗を浮かべて半五郎を眺めた。その間にも、半五郎はじりじりと間合いを詰めてくる。

弥一郎は後退《あとじさ》りして、少しずつ離れる。

半五郎は刀を杖にして足を引きずるようにしながら迫っていく。もはや、追い詰めるというよりも、気魄《きはく》だけで近づいていているように見える。

半五郎の様子を見つめる志桜里は胸がつぶれるような思いがした。誰かが半五郎を助けてくれないか、と思い、

——父上
とすがる思いで声をかけた。

庄兵衛は半五郎と弥一郎から目を離さず、

「黙っておれ。漢《おとこ》の命がけの戦いぞ。女子《おなご》の口出すことにあらず」

と厳しく言ってのけた。

志桜里が唇を嚙《か》んで見つめるうちに弥一郎の後退りが止まった。半五郎に隙《すき》を見出《みいだ》したのか弥一郎の顔に奇妙な笑いが浮かんだ。

「そろそろ決着をつけてやろうか、木暮半五郎。もはや、刀を振るう力もなさそうだからな」

「四の五の言わずに、かかってこい。口数が多いのは臆病ゆえであろう」

「この期《ご》に及んで雑言《ぞうごん》を吐くか」

弥一郎は上段に振りかぶると踏み込んで袈裟懸《けさが》けに斬りつけた。これを半五郎が刀で弾き返そうとした。だが、杖にした刀が床板に突き刺さったまま動かない。手がしびれて、しっかりと柄《つか》が握れない。

とっさに半五郎は横倒しに倒れて、斬り込みを避けた。だが、転がると同時に傷口が開いた

のか、うめき声がもれた。

弥一郎は斬撃をかわされたものの、半五郎の様を見て目を輝かせた。

「半五郎、無様《ぶざま》だな。もはや、勝負は見えたぞ」

弥一郎は刀をぶらりと右手に下げてゆっくりと半五郎に近づく。半五郎はうめき声をあげながらも、座敷に残されていた畳《たたみ》の上に這い上がる。

いつ怪我をしたのか腕から血がしたたり落ちている。半五郎は壁にたどりつくと、背を壁に押し当てるようにしてずるずると立ち上がった。

弥一郎を睨みすえて脇差《わきざし》を抜く。白い歯を見せて弥一郎は笑った。

「その脇差でわたしに勝てると思うのか」

「勝てるかどうかは、知らぬ。だが、殺すことはできるだろう」

青ざめた半五郎は絞り出すような声で言った。

「やはりあきらめの悪い男だ」

弥一郎は刀を正眼《せいがん》に構えた。半五郎が壁を背にしているだけに、斬りつけては仕損じると見て突く気になったのだ。

「死ねっ」

弥一郎は突いて出た。瞬間、半五郎は畳を渾身《こんしん》の力で蹴って跳躍した。ふわりと半五郎の体が宙に浮く。

弥一郎の刀は壁に突き立った。跳び上がった半五郎は脇差で弥一郎の首筋を刎《は》ねた。弥一郎の首からおびただしい血が迸《ほとばし》った。

半五郎は弥一郎の横を跳んで転がった。ううっ、とうめいて半五郎は仰向《あおむ》けに倒れたまま起き上がれない。

その時、弥一郎が頽《くずお》れた。

「半五郎様――」

志桜里が駆け上がり、半五郎に取りすがった。

半五郎はうっすらと目を開けた。

「志桜里殿、もう大丈夫でござるぞ。間もなく、幸四郎殿が駆けつけられよう」

「しっかりなさってくださいませ」

志桜里が涙ぐんで言うと、半五郎の顔に淡い笑みが浮かんだ。

「初めて志桜里殿と話した日、あなたは辛夷《こぶし》の花を見ておられた――」

言いかけて半五郎は気を失い、がくりと頭《こうべ》をたれた。

――半五郎様
志桜里が悲鳴のような声をあげた。

弥一郎が斬られたのを見て三家の家士たちは騒然となった。裏門から駆けつけた家士たちも押し寄せ、庄兵衛たちと斬り合いになろうとしたが、表門に馬蹄の音が響くと、

「上意である」

と叫ぶ幸四郎の声が響き渡った。

新井源蔵と佐野弥七が慌てて屋根から飛び降りると門をふさいでいた木や石を取りのけた。

ようやく門が開いて裃《かみしも》姿の幸四郎が入ってきた。

幸四郎は屋敷内のあちらこちらに怪我人がうずくまり、灰が散乱した凄まじい光景に眉《まゆ》をひそめた。

「ただいまより、上意の申し渡しがある。その前に三家の者は主人ともどもすみやかに立ち去れ。なおもこの屋敷に留《とど》まる者は捕えて牢《ろう》に入れるゆえ、さよう心得よ」

幸四郎が声を高くして言い渡すと、三家の家士たちはやむを得ないという表情で退き始めた。

弥一郎の遺骸を始め、傷ついた新右衛門と小太郎ら怪我人が次々に運び出されていく。

幸四郎は玄関に出迎えた庄兵衛に向かってうなずき、

「上意の申し渡しは奥にていたす」

と告げた。そして小声で、木暮半五郎殿はいかがされた、と訊《き》いた。庄兵衛は声を低めて、

「伊関弥一郎を討ち取り、安納新右衛門と柴垣小太郎に深手を負わせましたが、自らも手負いました」

「さようか」

幸四郎はうなずくと素知らぬ顔に戻って廊下を奥へ進んだ。

奥座敷で幸四郎は下達状《かたつじょう》を懐《ふところ》から取り出すと、庄兵衛を前に読み上げた。勘定方の調べで庄兵衛に不正がないことがわかった。しかるに、三家がひとを派して庄兵衛を捕えようとしたのは、僭越至極《せんえつしごく》であり、きっと叱《しか》りおく、ということだった。

また、不行き届きにも三家が押しかけて怪我人が出ていても庄兵衛へのお咎《とが》めはなし、しかし、三家の乱暴については追って処分を沙汰《さた》する、とあった。

幸四郎は下達状を庄兵衛に示したうえで巻き戻して懐に納めた。そのうえで、三家については、主君を押し込めにしようとしたことを咎め、

――閉門謹慎

が仰せつけられた、と告げた。手をつかえていた庄兵衛は顔を上げた。

「三家へのお沙汰は閉門謹慎のみでござるか」

幸四郎はうなずいてから、

「殿には名門である三家を廃絶するのは忍び難《がた》いというお考えのようです。しかし、今後は減

禄のうえ、藩の重職にはつけぬことを定める、とのことです」

「なるほど、しかし、誇り高き三家にとって減禄は痛《いと》うござろうな」

「さよう、恥辱に耐えかねて腹を召される方もおられるでしょうな」

幸四郎が憂鬱《ゆううつ》げに答えた。

庄兵衛は口を引き結んで黙ったままである。


幸四郎は上意を言い渡した後、いったん城に戻ったが、夕刻になって再び澤井屋敷に姿を見せた。

裃は着ておらず、いつも通りの着物に袴《はかま》姿の幸四郎は、

「三家の者や親戚が恨《うら》みに思って襲ってくるやも知れぬゆえ、それがしにしばらく澤井様のお屋敷に詰めよとの殿の仰《おお》せでございます」

と言った。怪我人はともかく、伊関弥一郎を討ち取ったからには、仇討《あだうち》をしようとする者がいるかもしれない、と思っていた庄兵衛はほっとして、

「かたじけない」

と頭を下げた。

「何の、殿のご命令にございますれば。それよりも木暮殿の容体はいかがでございまするか」

幸四郎が案じるように訊くと、庄兵衛は首をかしげた。

「なにぶんにも、この屋敷は荒れ果てたゆえ、木暮の屋敷に運び、志桜里が介抱いたしておる。おびただしく血を流して、いまも気を失ったままじゃ。医師殿の診立《みた》てでは、今夜が山であろうとのことであった」

「そうなのですか」

幸四郎はため息をついた。

その後、幸四郎が指図《さしず》して屋敷内の片づけを行った。手傷を負った新太郎は、離れですみが介抱した。里江とよし、つるが灰の散乱した庭を掃《は》き、血に染まった柱や廊下を雑巾《ぞうきん》がけした。

夕餉《ゆうげ》の支度《したく》をするために戻ってきた志桜里は、皆の膳《ぜん》をととのえたうえで、庄兵衛に、

「木暮様は今宵《こよい》が山であろうと医師殿も申されておりましたゆえ、わたくしは今夜、付き切りで看病いたしたいと存じます。お許しくださいませ」

と言った。

膳に向かった庄兵衛は、うなずいてから、

「今夜はやむを得ぬ。だが、夜が明けたならば、そなたは船曳の家に戻れ。かような騒ぎがあったゆえ、そなたが実家に戻っておったわけは船曳家でもわかってくだされよう。しかし、これ以上はいかん。婚家には戻らず、他家の男の看病をするなど人妻たる女子がしてはならぬこ

とではないか」

と言った。しかし、志桜里は引き下がらなかった。

「父上の仰せに逆らうわけではございませんが、今日、木暮様が血まみれになって戦ったお姿を何とご覧になりましたか。木暮様はわたくしども澤井家の者のために真心を尽くされたのです。真心には真心をもって報《むく》いねばならぬと存じます」

庄兵衛は顔をしかめた。

「しかし、世間の目があることだ。そなたが言うことは世間で通るまい」

「父上は世間が恐ろしいのでございますか」

志桜里は庄兵衛を見据えて言った。庄兵衛は腹立たしげに声を高くした。

「わしは世間など恐れてはおらぬ。ただ、慎《つつし》むべきは慎まねばならぬ、と言っておるだけではないか」

志桜里は軽く頭を下げた。

「さようであろうか、と存じます。だからこそ、父上は家中で大きな力を持つ三家に対して一歩も退かずに戦われたのです。木暮様はその戦いに馳《は》せ参じ、力を貸してくださった大事なお味方です。そのお味方が手負われたというのに世間体《せけんてい》を気にして看病もいたさずに澤井家の義は立ちまするか」

志桜里がきっぱり言うと、里江とよし、つるも膝を乗り出した。

「姉上の言われるとおりでございます。木暮様をお助けください」

「もしものことが木暮様にあったら何となさいます。わたくしたちは世間が何と言おうとかまいません」

「木暮様の看病をできるひとは姉上のほかにおられませぬ」

三人が口をそろえて言うと、幸四郎も言葉を添えた。

「澤井様、それがしからもお願いいたします。御家のためにも木暮殿は死なせてはならぬと存じます。志桜里様のされようとしていることは忠義なのではありますまいか」

庄兵衛はうんざりした顔で答えた。

「わかった。もうよい。船曳家にはわしが出向いて断りを言おう。そなたらにかまびすしく文句を言われるよりは、栄之進に怒鳴られるほうが増しのようだ」

庄兵衛の言葉を聞いて志桜里はほっとした表情を浮かべた。しかし、半五郎の容体が気になるだけにいつまでも澤井屋敷にいるわけにはいかない。

志桜里はそっと座をはずして、半五郎のもとへ戻っていった。

すでに夜の帳《とばり》が中庭を包んでいる。

二十九

半五郎は三日の間、高熱を出したが、その後は志桜里の看病もあってか、しだいに回復していった。志桜里は汗で汚れた半五郎の体を拭《ふ》くことから、まだ厠《かわや》に立っていけない間は下の世話までかいがいしく行った。

その都度、半五郎は身をすくめて、

「申し訳ござらぬ」

と消え入りそうな声で言うのだった。

そこには三家勢を相手に鬼のような形相《ぎょうそう》で戦った半五郎の面影はなく、隣家の穏やかでややのんびりとした男がいるだけなのが、志桜里にはおかしかった。

看病して二十日が過ぎて、間もなく二月になろうとするころ、半五郎は介添えをしてもらえば厠へ立てるようになった。

ある日、半五郎を支えて厠から部屋へ戻ろうとした志桜里は縁側に立ち止まり、

「梅の香がいたします」

と言った。どこかの屋敷の庭に咲く梅の香が風にのって漂ってくるのだろう。

「よい香ですな」

半五郎は匂いを嗅ぎながら言ったが、その香は肩を貸してくれている志桜里のものだと気づいて赤面した。

半五郎を床で横にならせた志桜里は縁側に出て座った。

志桜里は庭を眺めながら、

「木暮様は随分とよくなられました」

とつぶやいた。半五郎は横になったまま、志桜里の横顔を見つめて応じた。

「志桜里殿のおかげでござる」

志桜里はくすりと笑った。

「もっとお治りが遅ければよかったのに」

半五郎はさびしげな表情になった。

「もはや、船曳家へ戻られますか」

志桜里は振り向かずに言葉を続けた。

「戻るなと言ってくださいますか」

半五郎は顔をしかめてため息をついた。

「それを言えば不義になります。わたしには言えません」

庭に顔を向けたまま志桜里は微笑《ほほえ》んだ。

「そうだろうと思いました。それでもわたくしたちは一夜のこととはいえ、ともに命を賭けて戦うことができました。わたくしにとっては大切な思い出でございます」

「それは、わたしも同じです」

「ですが、わたくしはまだ仕残したことが何かあるような気がしています」

志桜里は振り向いて半五郎を見つめた。

半五郎は息を呑《の》んだ。

「何でしょうか」

志桜里はゆっくりと頭を横に振った。そして、目を伏せて口を開いた。

「わかりません」

「明日、船曳の家に戻ります。仕残したことが何なのかはわからないままがよいのだと思います」

さようですな、と言いかけたが、半五郎は口の中がひどく乾いて言葉が出なかった。志桜里と親しく話すのは今日が最後になるのだ、と思えば、言いたいことは山ほどある気がしたが、さりとて、実際には何と言ったらいいのか、わからない。

志桜里はまた庭を眺めた。

志桜里の横顔に目を遣《や》りつつ、半五郎の頭の中を駆け巡るのは、志桜里を連れて、どこか他国へ逃げたいというような、とりとめもない思いだった。

だが、そんなことをすれば澤井家の家名に泥を塗ることになり、庄兵衛だけでなく新太郎や里江とよし、つるにも肩身の狭い思いをさせるだけでなく、それぞれの縁談にも影を落とすことになるだろう。

志桜里が新太郎や里江とよし、つるにまで悲しい思いをさせても自らの幸せをつかみたいと考えるような女人でないことはわかっていた。

(どうすることもできぬ)

半五郎は苦しい思いを抱《いだ》きつつ、目を閉じた。瞼《まぶた》の裏に志桜里の横顔がくっきりと映って消えようとはしなかった。


二月に入った。すでに志桜里は船曳家に戻っている。

頼近は参勤交代で出府する前に騒動の処分をあらためて明らかにした。

澤井庄兵衛は勘定奉行としての不正がなかったことが明らかになっただけでなく、家中での騒動で、わきまえた振る舞いをしたとして百五十石を加増された。

さらに稲葉幸四郎については、頼近が三家に押し込められようとした窮地を救ったことにより、馬廻《うままわ》り役に取り立て、父子そろっての出仕を認めた。

これらの褒賞《ほうしょう》はあったが、半五郎に対しては何の沙汰もなかった。三家の手勢から澤井屋敷を守った功績は大きかったが、伊関弥一郎を手にかけており、家中には伊関家の親戚も多いことを憚《はばか》ったものと見られた。

これまでに安納源左衛門と伊関武太夫、柴垣四郎右衛門はそれぞれ自らの屋敷で切腹して果てた。頼近はこれにより、三家の減禄については、

——祖先の功績、忘れ難し
として取りやめた。ただし、生きのびた新右衛門と小太郎は廃嫡《はいちゃく》し、それぞれ親戚から養子を迎えさせ、家督を継がせた。

半五郎はこれらの処分については他人事《ひとごと》のように聞いていたが、幸四郎と里江の祝言《しゅうげん》が稲葉屋敷で三月三日に行われて招かれると、喜んで稲葉家に赴《おもむ》いた。

志桜里に会えるかと思っていたが、なぜか姿を見せなかった。

船曳栄之進は江戸詰めとなることが決まっており、その支度で忙しいのかもしれなかったが、それにしても里江の祝言に出席しないのは、訝《いぶか》しいことだと思った。

あるいは、栄之進とともに江戸に行くことになっており、その前に半五郎と顔を合わせることを栄之進の手前、遠慮したのかもしれない。

そうだとすれば、残念なことだ、と半五郎は思った。

祝言の翌朝、半五郎は出仕を前に庭に出た。

すでに裃をつけ、両刀をたばさんでいる。

傷はもうほとんど痛まないほど、よくなっていた。三家との戦いで倒されていた生垣も戻っている。だが、高さは低く、ちょうど腰のあたりまでしかない小さな生垣だった。

半五郎はふと、辛夷に目を遣った。

いつの間にか、白い花が咲いている。

(気がつかなかったな。他のことに気をとられていたのか)

気をとられていたのは、隣家から志桜里がいなくなったことだ、とわかりつつ、半五郎は辛夷を見上げた。

この庭で初めて志桜里と言葉をかわしたのだ、と思った。不意にせつない思いがこみあげてきた。

どうせ、会えなくなるのなら、あのおりに声などかけなければよかった。

隣家の澤井庄兵衛の苦境を見かねて助太刀をすることにはなっただろうが、あそこまで深手を負うほどに戦ったのは志桜里を救いたいという一念があったからだ。

（ひとの女房のために命を捨ててどうする。危うく死ぬところだったではないか）

危ない、危ない、と胸の中でつぶやいた。

だが、いっそのことあのまま死んでいたらどうだったであろうか、とも思う。志桜里は嘆き悲しんで泣いてくれただろう。

毎年の命日にはかかさず、参ってくれたのではないか。このまま、他家の妻として同じ家中にいながら顔も合わさずに生きていく味気無さを思えば、そのほうがよほど、良かったような気がする。

もっとも、伊関弥一郎のように、実際、命を失った者から見れば、傲慢《ごうまん》な考えには違いない。

半五郎がそんなことを思いつつ、なおも辛夷に目を遣っていると、目の端に何か白いものが動いた。

振り向いてみると、志桜里が微笑んで立っていた。

「志桜里殿――」

半五郎は口をぽかんと開けた。志桜里はうなずいて、

「おひさしぶりでございます。昨日は祝言に出席いたさず、失礼をいたしました」

と言った。

「なぜ、出られなかったのです」

何を言っていいのか、わからないまま半五郎は問うた。

「わたくしは離縁したばかりの身でございますから、祝言の場に出るのはふさわしくございませんので」

志桜里はあっさりと言った。

「離縁された？」

半五郎は志桜里の言葉がすぐには飲み込めなかった。

「わたくしが船曳の家に戻りますと、栄之進様はすぐに離縁のことを切り出されたのです」

うなずいて志桜里は話し始めた。

栄之進は志桜里が戻るなり、

「そなたを離縁いたす」

と淡々と言った。傍《かたわ》らには姑《しゅうとめ》の鈴代が座っている。

志桜里は手をつかえて頭を下げた。

「木暮様の看病をいたしたことのお怒りはごもっともと存じます。されど窮地を救われた澤井家の者としてやむにやまれぬことでございました」

志桜里が話すと、栄之進は手を振って制した。

「いや、そうではない。そなたが木暮の看病のために留まる前に離縁の話は決まっていたのだ」

志桜里は息を呑んで顔を上げた。すると、鈴代が、

「三家の騒動があった翌日、澤井庄兵衛様がわが家にお見えになって、あなたを離縁して欲しいと頭を下げてお頼みになったのですよ」

「父が、さようなことを――」

志桜里は目を瞠《みは》った。

栄之進はさばさばした顔つきで、

「澤井様は三家との争いで勝たれた。おそらくこれから家老の座にまで昇られるのではないかな。さような方の頼みをわたしが断れるわけがなかろう」

と言った。

「それでわたくしを離縁してくださるのですか」

「そうだ。かように強い者につこうとするわたしの生き方をそなたは蔑《さげす》むやもしれぬが、ひとにはおのれの分というものがある。わたしは強い者に従い、生きていくことで家名を守ろうとしている。そんな生き方もあることだけは覚えておいてくれ」

栄之進は初めておのれの胸の裡を正直に話した。このような話が以前からできていたら、も

っと違う夫婦になっていたかもしれない、と思った。

鈴代はにこやかに口を挟んだ。

「ですけれど、わたくしは澤井様にひとつだけお願いをいたしました」

「どんなことでしょうか」

志桜里は微笑んで鈴代を見つめた。

「わたくしは何分にも目が悪く、栄之進殿が江戸に行かれてからのことが心配なので、あなたに時々、遊びに来ていただきたいと申し上げたのです。澤井様はきっとそうさせるとお約束くださいました。よろしいでしょうか」

鈴代はかわいらしく小首をかしげた。志桜里は思わず、涙ぐみそうになった。

「もちろんでございます。たとえ離縁いたしましょうとも、一度結んだ母上様との縁は切れるものではございません」

鈴代は嬉しそうに笑った。

「すぐに離縁の話は決まったのですが、里江の婚礼を控《ひか》えておりましたので、まわりには伏せて参ったのです」

志桜里が話し終えると、半五郎は大きくため息をついた。

「さようでございましたか」

志桜里はくすりと笑った。

「わたくし、また出戻って参りました。ご迷惑でしょうか」

「いえ、決してそのようなことはござらん」

半五郎は力んで答えた。

「それはよろしゅうございました。わたくし、木暮様から迷惑だと言われたら、どうしようかと思っておりました」

明るい目で志桜里は半五郎を見つめた。

「そんなことはござらん。これから末永くお願いいたしたい」

半五郎は、しゃちほこばって言った。

「末永く何を御願いになるのですか」

「さて、それはですな——」

半五郎は顔を赤くして、汗をどっとかいた。

志桜里は素知らぬ顔で言った。

「わたくし船曳家に戻る前に、仕残したことがあると申し上げました」

「いかにも聞きました」

表情を硬くして半五郎はうなずいた。

「何だか、おわかりになりましたか」

志桜里は悪戯《いたずら》っぽい目をして訊いた。

「いや、申し訳ないがいっこうにわかりませんな」

志桜里はにこりとして袂《たもと》から紐《ひも》を取り出した。

浅黄色《あさぎいろ》の紐である。

「それは――」

半五郎は絶句した。

刀が抜けぬよう鍔《つば》の穴を通して栗形《くりかた》と結んでいた紐である。

永年、〈抜かずの半五郎〉と呼ばれていたが、三家との決戦を前に半五郎は浅黄紐を引きちぎって刀を抜こうとした。

すると、志桜里が半五郎の亡き母が心をこめて結んでくれた紐をちぎってはいけないと言って自《みずか》らほどいてくれたのだ。

「あの紐をまだ持っていてくださいましたか」

半五郎の声が震えた。

「母上様、丹精の紐でございます。わたくしが仕残したことというのは、この紐をもう一度、結んで差し上げることでございました」

「今一度、〈抜かずの半五郎〉に戻れと言われますか」

目を瞠って半五郎は訊いた。

「此度《こたび》のお働きで家中の方々は木暮様を見直されたことと存じます。されど、わたくしはひとを殺《あや》めたゆえに恐れられる木暮様よりも、ひとに侮《あなど》られても決して刀を抜かぬ木暮様の方が好きでございます」

志桜里に好きとあからさまに言われて、半五郎はさらに顔を赤くした。それでも、ごほん、と空咳《からぜき》をして、

「ならばここにて結んでいただけまするか」

と胸を張って言った。

はい、と答えた志桜里は生垣越しに刀の紐をゆっくりと丁寧に結んだ。

半五郎は刀の紐がしっかり結ばれているかを確かめるように鞘《さや》を握ってから、

「これで、いままで通りの〈抜かずの半五郎〉でござる。志桜里殿、わたしは義のためのほかは、決してこの刀を抜きませんぞ」

と言った。

志桜里はにこりとして、半五郎が鞘を握った武骨な手に自分の白い手を添えた。

「木暮様が抜こうとされても、わたくしが抜かせはいたしません」

半五郎と志桜里は顔を見合わせて笑った。

辛夷の花が朝日に輝いている。

本書は、「読楽」二〇一五年一月号〜十月号に掲載された作品を加筆訂正したものです。

装画／村田涼平
装幀／鈴木久美

葉室　麟（はむろ・りん）
一九五一年北九州市小倉生まれ。西南学院大学卒業。地方紙記者などを経て、二〇〇五年『乾山晩愁』で第二九回歴史文学賞受賞。〇七年『銀漢の賦』で第一四回松本清張賞を受賞。一二年、『蜩ノ記』で第一四六回直木賞を受賞。凜として、清冽に生きる主人公の生き方が、感動を呼ぶ。著書は『陽炎の門』『月神』『さわらびの譜』『潮鳴り』『山桜記』『紫匂う』『峠しぐれ』『春雷』『山月庵茶会記』『蒼天見ゆ』『鬼神の如く　黒田叛臣伝』『風かおる』『草雲雀』『はだれ雪』『神剣　人斬り彦斎』など多数。

辛夷《こぶし》の花《はな》

二〇一六年四月三〇日　第一刷

著　者　葉室　麟
発行者　平野健一
発行所　株式会社徳間書店
〒一〇五-八〇五五　東京都港区芝大門二―二―一
電話　（〇三）五四〇三―四三四九（編集）
（〇四八）四五一―五九六〇（販売）
振替　〇〇一四〇-〇-四四三九二
本文印刷所　三晃印刷株式会社
カバー印刷所　真生印刷株式会社
製本所　東京美術紙工協業組合

ISBN978-4-19-864137-5

葉室　麟★好評既刊

千鳥舞う

葉室　麟

博多八景を背景に生まれた哀切な恋。男と女は、離ればなれになるしかないのか？　静謐な筆致で描く女絵師と狩野派の絵師との創作を通して交流する魂。待つ女の清冽な佇まいが感動を呼ぶ。

四六判／文庫

天の光

葉室　麟

柊清三郎は十七歳で仏師の修行に入り、師匠の娘おゆきの婿となるが、修行のため京に出る。三年後に戻ったとき、師匠は賊に殺され、妻は辱めを受け行方不明となったが…。感涙の夫婦愛を描く。

四六判